新 潮 文 庫

同潤会代官山アパートメント

三 上 延 著

新 潮 社 版

11552

目次

《竹井家・杉岡家家系図》

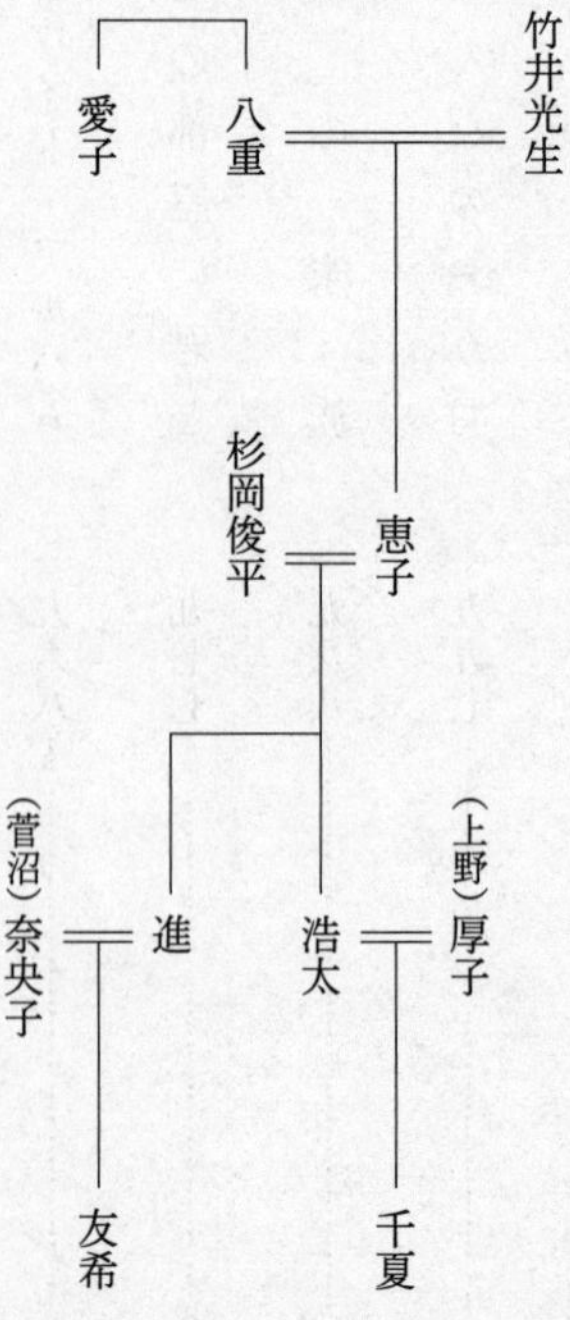
竹井光生
八重
愛子
恵子
杉岡俊平
（上野）厚子
浩太
進
（菅沼）奈央子
千夏
友希

同潤会代官山アパートメント

プロローグ　一九九五

うちに帰ってきた。

扉を開けた時、それだけは分かった。

彼女は玄関から板張りの床に上がる。四畳半と六畳の二間に小さな台所と洗面所。決して広くはないものの、間取りは使いやすく考え抜かれていた。白く無愛想な漆喰《しっくい》の壁も、硬い床に敷かれた薄縁《うすべり》もしっくりと目に馴染《なじ》む。

空っぽの部屋を横切って明るい窓のそばに立つ。乳白色の霧のようなものが立ちこめていて、外の景色はなにも見えなかった。

彼女はずっとここに住んでいた――そのはずだ。

けれどもこの住まいがどこにあるのか、誰とここで暮らしていたのか、はっきり思い出すことはできなかった。自分が何者なのかすら分からない。どの記憶も霧の中に埋もれているようだった。

少しでも手がかりを得ようと部屋の中を振り返る。彼女は息を呑《の》んだ。たった今までなにもなかったはずの薄縁に、大小さまざまな品々が並べられていた。泥で汚れた反物。小さな鍵《かぎ》。男物の背広。コーンビーフの缶詰。爆竹とマッチ。使い捨てカメラ。真新しいものもあれば、ぼろぼろに古びたものもある。足下にあった鎌倉彫の文箱《ふばこ》を拾い上げて蓋《ふた》を開ける。中には古びた手紙が何十通も収まっていた。

きっと自分と何かしらの関わりがある。眺めているうちに、疼《うず》きにも似た懐《なつ》かしさがこみ上げてくる。この部屋も含めて、おそらくもう消えてしまったか、消えようとしているものたち。ここはそういうものの集まっている場所なのだ。

ふと、彼女は自分の異変に気付く。水気のない皮膚がぴったりと骨に張りつき、指で触れた頬は干し柿《がき》のようにざらついている。髪の毛もほとんど残っていないようだ。

窓ガラスに映る顔はよく見えないが、白い和服を身に着けた彼女は途方もなく老いている。そのくせ手足は奇妙に軽く爽快《そうかい》だった。まるでさっぱりと肉体を脱ぎ捨てたように。

彼女は足下に目をこらした。

窓から光が入ってくるのに、自分のまわりには影がない。部屋の中にある品々と同じだった。

（わたしも、ここにあるものと同じ）

彼女はそう悟った。人としての命が消えてしまったか、今まさに消えつつあるのだろう。あの世とこの世の汀《みぎわ》で、最後の夢を見ている。

もう二度と、元の世界へ戻ることはない。

いつのまにか窓の外の霧らしきものは消えていた。彼女のいる部屋は集合住宅の三階らしい。建物の前にはなぜか大きな駱駝《らくだ》が二頭佇《たたず》んでいた。その一頭に白い背広を着た背の高い男性がまたがっている。背広と同じ色の中折れ帽に隠れて、顔はまったく見えない。けれども確かに見覚えがあった。

（あの人を知っている）

もどかしく、狂おしいものが胸に満ちた。とても大事に思ってきた人。もう一度会いたいと願い続けていた人。

（わたしを迎えに来てくれた）

彼女は胸を張って玄関へ向かった。ずっとこの日を待っていたのだ。真鍮《しんちゅう》のドアノブに手を掛けると、重い鉄の扉が勝手に開いた。

コンクリートの通路に若い娘が立っている。すらりと背が高く、目鼻立ちの整った美しい娘。やはり名前は思い出せなかった。

彼女のことも、よく知っている気がする。慈《いつく》しんできた年下の家族――妹だったか、娘だったか。孫や曾孫《ひまご》だったかもしれない。たった今駆けつけてきたように、大きく肩で息をしている。生気に満ちた頬には汗が滲《にじ》んでいた。コンクリートの通路に黒々とした影を引きずっている。

（この娘は、生きている）

まだここに来るべき者ではない。あるいはここにいないはずの者を、死にゆく自分が夢に見ているのかもしれない。何にせよ、ここに留めておくわけにはいかない。精一杯背を伸ばして、娘の硬く豊かな黒髪を撫《な》でる。

それから、耳元にそっと囁《ささや》いた。

「いきなさい」

あなたはまだ、ずっと先まで。たちまち娘の姿は消えて、老いた女が一人きりで立っていた。

わたしはここで、おしまい。

彼女はゆっくり階段を下りていく。これからもっと深く、もっと静かな場所を目指して旅に出る。外で待っているあの人と一緒に。

きっと彼が道々思い出させてくれるはずだ。
彼女が長い年月をどう生き、どのようなものを目にしてきたかを。

月の沙漠を　一九二七

つきのさばくを　はるばると
たびのらくだが　ゆきました
きんとぎんとの　くらおいて
ふたつならんで　ゆきました

窓の外、それも下の方から子供たちの歌声が聞こえてくる。子供の数はたぶん二人。一人は音痴のわりに元気がよく、もう一人は上手だが声の大きさは控えめだ。仲はいいらしく、時々忍び笑いが歌に混じっている。

八重《やえ》は南向きの四畳半で、夫の浴衣《ゆかた》を縫いながら耳を傾けている。子供の歌なのに物悲しい詞だ。

ふと、突拍子もない思い違いをしていたことに気付いた。「月の沙漠《さばく》」とは月面にある砂漠のことではなく、月夜に照らされた砂漠ということだ。自分のそそっかしさに口元が弛《ゆる》んだが、頭の中では月面の砂漠が一人歩きを始めていた。月には水どころか空気もないと聞いたことがある。砂漠などあるのか分からないが、とにかく人間は住めそうにない。きっと殺風景で味気ないところだろう。

八重は針をとめて周囲を見る。

ひょっとすると、この部屋と似通った場所かもしれない。

内々の祝言《しゅうげん》を滞りなく済ませて、引っ越しから十日経《た》っても、八重は新居に慣れていなかった。

丘に沿って建つ真新しいアパートメントは日当たりもよく、代官山の駅からも近い。六畳と四畳半の二間は、夫婦だけで住むのにちょうどいい広さだ。去年の秋、入居者を募集した時には申し込みが殺到し、新聞の記事にもなったらしい。しかし今のところ、八重にはそういう人たちの気持ちがまるで分からない。

夫に案内されて最初にこの部屋へ来た時、壁や天井の白さに面食らった。つるりとした漆喰で愛想というものがない。この方が衛生的だそうですと説明されてしげしげ眺めると、汗でもかいたように水玉が浮き出ている。ますますいやな気持ちになった。

コンクリート造の建物ではよくあることで、こもった湿気が壁にまとわりつくのだという。湿気のせいで畳を敷くこともできないらしい。柔らかい木材に薄縁《うすべり》を被《かぶ》せて代用しているのだが、慣れ親しんだ畳とはほど遠いまがい物だ。踏みしめると妙に冷たく、要は板の間で暮らしているのと同じだった。
我に返って柱時計を振り返る。もう午後二時を過ぎていた。出来かけの浴衣を置いて立ち上がり、開きっぱなしの窓に近づく。湿気を逃がすためになるべく風を通しているのだが、十月にもなると少々肌寒い。

きんのくらには　ぎんのかめ
ぎんのくらには　きんのかめ
ふたつのかめは　それぞれに
ひもでむすんで　ありました

歌の続きを聞きながら、干していた布団《ふとん》を取りこみにかかる。必死に下を見ないようにしているので、子供たちがどこにいるのかは分からない。ここは建物の三階だ。茅《ち》ヶ崎《さき》子供の頃から高いところの苦手な八重には、そのことが何よりも応《こた》えていた。

の実家は瓦葺《かわらぶ》きの平屋だったからなおさらだ。二階建てより高い住宅は東京でもまだ珍しいらしい。水洗便所やダストシュートも備えた、最先端の文化的住宅というわけだ。

「竹井《たけい》さん！」

鋭い声に煽《あお》られて布団を取り落としそうになる。竹井は八重の新しい姓だ。おそるおそる通りに目を落とすと、坊主《ぼうず》頭の男が仁王立ちでこちらを見上げていた。銀杏《いちょう》の若い幹につかまっている姿は、本当に仁王様かなにかのようだ。このアパートメントの管理人だった。

「なにかご用でしょうか」

「外から見えるところに布団を干さないように」

「え……」

「美観を損ねますから。渡した注意書きにも書いてあったはずですよ」

そんなものを見た憶《おぼ》えはなかった。夫なら知っているかもしれない。それにしても、誰でも使っている布団が美観を損ねるというのはどういうことなのだろう。ずっと干さずに仕舞いこんでおくわけにもいかない。南向きの窓はここだけなのに。

胸の内で渦巻く不平不満を、結局一つも口にできなかった。言いたいことがあればあるほど、かえって喉《のど》につっかえてしまうのは八重の癖だ。何を考えているか分からない、人好きのしない娘だと子供の頃からよく叱《しか》られていた。

「それなら、布団はどこに干せばいいですか」

　やっとのことでそれだけ尋ねる。

「屋上に持って行って下さい」

　そう言い捨てて管理人は立ち去った。いちいち重たい布団を抱えて、屋上の物干し場まで持って行けというのだろうか。ざらついた気分のまま、二枚の敷き布団を引きずり込んでぴしゃりと窓を閉めた。

　同じような形をした他の棟がガラス越しに見えるのも気障《きざわ》りで、さらにカーテンも引いてしまった。すでに子供たちの歌も止《や》み、物音はどこからも聞こえなかった。

　このアパートメントには規則が多い。それに管理人も口うるさい。理想のモダンな文化的住宅とやらを維持しようと躍起になっているようだ。こうして着物姿の旧来な人間も住んでいるのだから、少しは手加減して欲しかった。

　もし愛子《あいこ》だったら。

　妹のすらりとした洋装姿が頭に浮かぶ。もし妹の愛子だったら、ここに住むことを大いに喜ぶ気がする。新しいものに好奇心旺盛《おうせい》で、なにより高いところに上るのが大好きな娘だった。

八重と愛子は四つ違いで、二人きりの姉妹だった。

両親は神奈川の茅ヶ崎で小さな小間物屋を手堅く営んでいたが、大正九年に相次いで腸チフスで他界してしまった。数えでやっと二十歳になったばかりの八重が、店を引き継ぐしかなかった。

ちょうど欧州大戦後の好景気が一気にはじけ、先の見えない不況が始まっていた。大きな工場が次々と閉鎖され、昼間からうろついている職のない男たちを近所でも見かけた。

化粧品の売れ行きも落ちこみ、しばらくは着物の仕立てや繕い物の内職で急場をしのいでいたが、海沿いの別荘地に住む婦人たちに外国の高級品を売り始めて、ようやく経営が楽になった。妹を卒業まで高等女学校に通わせることができたのもそのおかげだ。

愛子は誰からも好かれる娘だった。呑《の》みこみが早く気の利《き》くたちで、卒業した後も安心して店を手伝わせることができた。人よりも背が高いこと、ごわごわした髪が多いことを本人は気にかけていたが、ある時得意客の勧めで髪を短く切り、流行の洋服を着始めてから、見違えるように美しくなった。

店にはポマードを買いに来る若い男の客がどっと増えた。誰もが少しでも長い時間、店番の愛子と世間話をしようとする。縁談もひっきりなしに舞いこんできたが、当の本人がまったく乗り気ではなかった。

「お嫁になんてまだ行きたくないわ。なにがあるか分からないもの。もうしばらく、姉さんと二人で暮らしたいな」

そう甘えられると強くは出られなかった。八重が一度結婚に失敗していたせいかもしれない。

八重が初めて結婚したのは十代の頃だった。高等小学校を出て近所の裁縫教室に通った後、実家の小間物屋を手伝っていたところに、親戚《しんせき》から縁談が持ちこまれた。相手は県庁に勤める若い役人だった。結婚してからも悪所通いが絶えず、ついには八重に淋病《りんびょう》までうつす始末だった。口先の言い訳ばかりで謝ろうともしない夫にほとほと愛想は尽きたが、面と向かうとどうしても言葉をぶつけられない。結局、風呂敷《ふろしき》一つ抱えて茅ヶ崎の実家にぷいと帰ってしまい、夫が連れ戻しに来ても顔すら出さなかった。

まだ元気だった両親は婿《むこ》の不品行に腹を立てながらも、ことを穏便に収めようとした。しかし、高等女学校に入ったばかりの愛子がそれを許さなかった。

「姉さんにひどいことをしてへらへら笑うな！　二度と顔を見せるな！　卑怯者《ひきょうもの》！裏切り者！」

と、別人のように激しくまくしたてた。それは八重が吐き出したかった怒りそのものだった。愛子は姉が溜《た》めこんでいる言葉を、寸分違《たが》わずなぞってくれることがあった。

かっとなった男が年端《としは》もいかない愛子に手を上げて、さすがに両親の堪忍袋《かんにんぶくろ》の緒も切れたらしい。ほんの半年で離縁ということになった。

以来、八重には再婚する気はなく、両親が他界してからもそれは変わらなかった。自分の結婚は完全に終わったつもりでいた。

そうなると次に結婚するのは愛子ということになる。

妹の意思はともかく、嫁入り道具を揃《そろ》えるために八重はこつこつと貯金し続けた。やっと十分な額になったのが四年前、大正十二年のことだった。相変わらず景気は良くならなかったが、とりあえず日々の暮らしは成り立っている。破産や株価暴落という新聞記事にも慣れてしまっていた。

そこへ突然、降って湧《わ》いたように愛子の結婚相手が決まった。愛子より四つ上、八重と同い年の男だった。大学を出て東京の貿易会社に勤めているという。収入も年の釣り合いも申し分ない。

会ってみると見上げるような大男で、顔はいかついが生真面目《きまじめ》な性格のようだった。どうぞよろしくお願いします、と折り目正しく頭を下げる姿が清々《すがすが》しかった。

これまで縁談を断り続けていたのに、どうして今度は結婚する気になったのか、不思議に思って尋ねると、「一緒にいると、落ち着ける人だったから」という答えが返ってきた。

「他の人たちは色々なことを喋《しゃべ》って、わたしにも喋らせようとしていたけれど、あの人だけはそうしなかった。わたしは無口な人の方が好き。だって、無口な姉さんとずっと暮らしてきたんですもの」

つまり八重のような人間だからということだ。姉として面映《おもは》ゆくはあったが、これまでの求婚者たちが少々気の毒でもあった。「色々なことを喋って」いたのは、少しでも愛子の気を引こうと必死だったからに違いない。それらは無駄な努力でしかなかったのだ。

祝言の日取りは秋に決まり、姉妹は支度で忙しくなった。八重には店の仕事があったので、東京の新居に運びこむ嫁入り道具を新婦本人が手配することも珍しくなかった。九月一日に上京したのも、簞笥《たんす》と布団の注文をするためだ。上野に住んでいる叔母《おば》が百貨店に付き合ってくれることになっていた。

早朝に茅ケ崎駅まで妹を見送ってから、いつもどおり八重は店を開けた。天気は曇りで、客も少なく、のんびりした一日だった。

正午頃、昼食をとろうと奥の座敷に上がりかけると、店に置かれた品物が一斉にかたかたと震え始めた。なにごとだろう。首をかしげた刹那《せつな》、硬いはずの地面がどっと波打った。

こんなに激しい地震は生まれて初めてだった。立っていることはおろか、這《は》って逃げることもできない。手近な柱にしがみついたまま、品物の置かれた棚が次々に倒れていく様をなすすべもなく見守った。後から思えば、建物が倒れなかっただけでも幸運だった。

ようやく揺れが収まってから外へ出ると、近隣の家々は柱ごと崩れ、屋根だけの姿になりはてている。自分の目が信じられなかった。半鐘が打ち鳴らされ、真っ黒に顔を汚した人々が通りを走り回っている。どこかで火事も起こっているようだった。

はっと我に返り、八重は東の空に目を向けた。妹や叔母、そして妹の婚約者、自分の親しい人たちはどうしているだろう。果たして無事なのだろうか。

その後、流れてきた噂《うわさ》は不吉なものばかりだった。東京は全滅した、刑務所から脱走した囚人たちが方々で撃ち殺されている、社会主義者や朝鮮人が軍隊と衝突している、首相も地震で死んでしまった、といった怪しげな内容ばかりで、なにが真実なのか見当もつかない。

道路や鉄道は寸断され、あちこちの橋も落ち、東京の状況も分からないとあっては、茅ヶ崎から動くに動けなかった。一度は出発しようとしたのだが、国道の復旧工事に来た軍人たちに見つかり、戒厳令の最中に女一人で上京などとんでもない、もう少し様子が分かってからにせよと追い返されてしまった。

じりじりと気を揉《も》むだけの日々が過ぎていく。とにかくこのままではどうにもならない。誰にどう言われようとも東京へ出発し、妹たちの安否を確かめよう。そう思い立ったところに叔母が訪ねてきた。上野の自宅から何日もかけて徒歩で辿《たど》り着いたという。夕日に照らされた叔母はやつれきって、十も老《ふ》けて見えた。妹の姿はどこにもなかった。

愛子はどうしたんですか。

という言葉が出てこない。

庭に向いた座敷で向かい合うと、叔母は意外にしっかりした声で順序よく話し始めた。八重にどう告げればいいか、道々考えてきたせいだとすぐに気付いた。

妹は浅草で死んだ。

上野駅で叔母に会ってすぐ、浅草の十二階にのぼってみたいと言い出したそうだ。八重も話には聞いたことがあった。十二階建ての古びた塔で、正式な名前は淩雲閣《りょううんかく》という。高いところの好きな愛子らしい好みだ。今時あんなものを見物するなんてと叔母は笑ったが、子供の頃から行ってみたかった、嫁入り前の思い出にしたいと譲らず、そこまで言うならと足を延ばすことになった。

塔の上から東京全市を眺めている間、妹は子供のようにはしゃいでいたという。

「あの子は八重のことばかり話していたよ」

この景色を姉さんにも見せてあげたい、高いところが苦手だと言っているから難しいだろうか。姉さんには楽をして欲しい。ずっと姉さんに世話になってきた。これからは姉さんに恩返しをしていくつもりだ……

地震が起こったのは、薄暗い階段を降りる最中だったという。十二階は真ん中から二つに折れてしまった。名残惜しそうに叔母よりゆっくり歩いていた妹は、崩れ落ちた上階の側にいた。

八重は畳に座りこんだまま、ただ叔母の話に耳を傾けていた。妹が浅草で死んだ。理解できたのはそれだけで、後のことは風のように身の内を通りすぎていった。力が抜けて指先も動かせない。息をすることさえ忘れそうだった。

言葉らしい言葉を何一つ口にできなかった。

ふと、庭にいる人影に気付く。がっしりした長身の男が、杖《つえ》にすがりつくように立っていた。妹の婚約者だ。頭と右足に薄汚れた包帯が巻かれている。きっと怪我《けが》を押して、愛子の安否を確認するために茅ヶ崎まで歩いてきたのだろう。

話はすべて聞かれていたらしい。男は地面に膝《ひざ》をつくと、広い背中を丸めて啜《すす》り泣きを始めた。八重はそれでも無言のままだった。くろぐろとした岩のような背中が、夕闇《ゆうやみ》に溶けていくのをぼんやり眺めていた。

妹の婚約者だったその男が、四年後の今は八重の夫になっている。

夫の竹井はほとんど寄り道せず、決まった時間にアパートメントに帰ってくる。住民専用の銭湯で汗を流してから、居間の四畳半で夕食をとるのが日課だ。

ちゃぶ台に並んだ今夜の主菜は鰺《あじ》のムニエルだった。八重はムニエルなど見たこともなかったが、この前買った婦人雑誌に載っていたので作ることにした。夫は東京の育ちだから、洋食に馴染《なじ》みがあるだろうと思ったのだ。幸いにして出来上がりの見た目は悪くなかった。

八重は夫の口元を上目で窺《うかが》っている。だいたい雑誌に書いてあったとおりに作ったはずだ。問題は味だった。

「美味《うま》い」

一口呑みこんでから、きっぱり言った。八重は胸をなで下ろす。

「これは、バターを使わないんですね」

「わたし、バターが苦手なんです。胃にもたれてしまって。だから、代わりにサラダ油を……」

嫌な予感がした。自分も食べてみると、どことなく味が薄い。最後に加えたレモン汁も酸《す》っぱく感じられる。バターなしでは美味《おい》しくならない料理だとやっと気付いた。

「ごめんなさい……醬油《しょうゆ》でもかけますか」

「いや、いい味です。ありがとう」

真顔で礼を言って食事を続ける。本気でいい味だと思っているのか、八重には判断がつかない。なにを作っても同じような返事だからだ。竹井の態度は妹の婚約者だった頃とまったく変わらない。夫婦になったとは思えない時がある。優しくされているのは分かるが、同時に距離を置かれている気もする。

「そういえば、ここの規則が載っている紙が、どこかにありませんでしたか」

食事が済んでから八重は尋ねた。布団のことで管理人から注意された件をかいつまんで話す。アパートメントへの不満として聞こえないように気を遣った。ここに住むと決めて契約してきたのは夫の方だ。たまたま空きが出ましたと声を弾ませていたので、どうして住みたかったのかを聞きそびれていた。大学出のサラリーマンは、こういう住まいに憧《あこが》れでもあるのだろうと思っていた。

「ああ、契約した時に渡されたかもしれない」

と、隣の六畳間を指差した。

「机の引き出しに入れたと思います。右の方」

細長い文机《ふづくえ》が窓際《まどぎわ》に置かれている。大学時代に買って以来愛用してきた品だという。自分のものではないからと、八重は触れたことがなかった。

「わたしが開けていいんですか」

「……はい」

一瞬間を置いてから夫は答える。八重は隣室へ入り、言われたとおり右の引き出しを開ける。さまざまな大きさの紙でいっぱいだった。ちょっとした広告チラシや古いノートの切れ端、手紙や葉書など、紙と名のつくものを整理もせずに突っこんでいるようだ。男らしい無頓着《むとんちゃく》さが微笑《ほほえ》ましかった。

目当てのものはすぐに見つかった。「アパートメント御住込に就ての御注意」。

「ありました」

と言って閉めようとした時、一通の角封筒が目に入った。結婚する前に夫が暮らしていた下宿の住所と、「竹井光生《みつお》様」という宛名《あてな》が書かれている。冷たい刃物を下腹に押しつけられた気がした。細い女文字には見覚えがある。四年前に死んだ妹の筆跡だった。

きっと恋文だ。ずっと持っていたに違いない。

「八重さん、お茶を淹《い》れてもらえませんか」

背中に竹井が声をかけてくる。「八重さん」が「義姉《ねえ》さん」に聞こえた。実際、竹井からお義姉さんと呼ばれていた時期もあったのだ。

妹の四十九日が過ぎた後、八重はまた店を開けるようになった。無事な小間物屋が近隣になかったせいか、思ったよりも客は多かった。

朝から仕事をして、夜になると眠るだけの単調な日々が続く。

時々訪ねてくる叔母や竹井を除いて、定休日に人と会うことはほとんどなかった。叔母は八重の気を引き立てようと、流行《はや》りの菓子や季節の花を抱えてきたが、愛想もなく相づちを打つだけの姪《めい》に気が重くなったのか、そのうちあまり顔を見せなくなった。

竹井の方は規則正しく、月に一度は仏壇に線香を上げにやって来た。ぽつりぽつりと世間話をする以外は、ただ黙然と狭い庭を眺めている。小一時間ばかり経つと、そろそろ失礼しますと丁寧に挨拶《あいさつ》して去っていった。

新聞には復興の二文字が躍るようになった。線路や道路は復旧し、橋も新しいものに架け直されていく。瓦礫《がれき》の山だった土地には以前よりも立派な建物が次々と現れた。

浅草の十二階も残った部分が爆破され、完全に解体されたという。

たぶん良いことなのだろう。壊れたものをそのままにしておくわけにはいかない。

しかし、八重はなにか引っかかるものを覚えていた。日を追うにつれて、その思いは強く、濃いものになっていった。

きっかけは一周忌で叔母が口にした言葉だった。

「そろそろ愛子のものも整理した方がいいんじゃないかねえ。いなくなった人の持ち物を、ずっと手元に置いておくのもどうかと思うんだよ」

それから、妙に生臭い声で付け加える。

「あんたさえよかったら、わたしが責任を持って始末をつけるよ。死んだ娘の嫁入り道具でも、欲しいという人はいるからね。赤の他人が嫌だったら、うちの娘たちが貰《もら》ってもいい。愛子のものなら喜んで着るだろうし」

叔母には嫁入り前の娘が三人もいる。着物や布団や箪笥など、嫁入り道具はすべて女の家が揃えなければならない。八重も愛子のために少しずつ貯金し、特に着物だけは良いものを持たせてやろうと、縮緬《ちりめん》の反物をいくつも買いこんでいた。自分の手で着物に仕立ててやるつもりだった。

どうやら叔母はその反物を従妹《いとこ》たちの嫁入り道具にと狙《ねら》いを定めているらしい。あまりの浅ましさにため息は出たが、好きで持ちかけた話ではないだろうと思い直した。上野にある叔母の家は無事だったが、叔父《おじ》の経営していたガラス工場は被災してしまった。再建はできたものの、資金繰りに苦労しているという噂は聞こえてきていた。出口の見えない不況の中で震災が起こり、誰もが生活に苦しんでいる。

次の定休日は朝から雨だった。

八重は押し入れの奥から大きな茶箱を引っ張り出す。開けるのは一年ぶりだった。中には愛子の嫁入りに買い揃えたものが入っている。もちろん使われた跡はなく、どれも真新しいままだ。

叔母の言うことにも一理あると八重は思っていた。このまま仕舞っておいても仕方がない。誰かに役立ててもらった方がいいのは確かだ。

これも復興というものかもしれない。

ざわりと胸が騒いで、八重の手が止まった。やはり納得がいかなかった。復興だ復興だと勇ましいかけ声が大きくなればなるほど、いなくなった者たちの影は薄れ、小さくなっていく。何十年も経てば、そんな者たちがいたことも忘れられてしまうだろう。

みんないなかったことになってしまう。

あの時死んでしまった者も。

そして後に残されている者も。

突然、八重の口からうめき声が洩《も》れた。全身の血が煮え立つようだった。

茶箱の奥に入っていた太い反物を摑《つか》む。愛子の留袖《とめそで》になるはずだったそれを、力いっぱい雨の庭に放り投げた。ほどけた縮緬が水たまりに落ちる。できあがっていた丸帯や襦袢《じゅばん》や羽織も次々と同じようにした。

それでも気が静まらず、裸足《はだし》のまま縁側から飛び降りて、庭中に散らばった着物という着物をかかとでぬかるみに押しこむ。堰《せき》を切ったように涙が溢《あふ》れ出した。愛子が死んで以来、泣いたのは初めてだった。

いくら雨を浴びても体は一向に冷える気配がなかった。背骨の芯《しん》が激しい熱を放っているかのようだ。湧き上がる感情のままに、布越しに地面を踏みつける。

いつのまにか目の前に誰かが立っていた。頬や腕から雨粒の感触が消えている。顔を上げると、竹井が八重に傘を差しかけていた。

竹井は無言のまま、どこか澄んだ目で八重を見守っている。自分がなにを思っているのか、ここでなにをしているのか、伝えなければならないと思った。代わりに言ってくれる人はもういないのだから。

八重は口を開き、深く息を吸った。

「……くやしい」

かすれた声をやっと絞り出す。

「愛子が死んで、くやしい……わたしは、くやしい」

　妹はなんのために生きていたのか、自分はなんのために生きているのか、これからどうすればいいのか、なにも分からない。ただくやしい。くやしい。

　不意に啜り泣きが聞こえた。自分のものではない。八重は目を瞠《みは》る。泣いているのは竹井だった。固く握りしめた傘の柄がぶるぶる震えていた。

「お義姉《ねえ》さん」

　湿った声で呼びかけたきり、後は言葉にならなかった。それでもなにを言いたいのか、八重にははっきり分かった。

　この人もずっとくやしかったのだ。

　愛子が言っていたように、この人は自分に似ている。くやしい気持ちに耐えかねて、他にどうすることもできず、ここへ通い続けていたのだと思う。

　あの時、竹井と心が通じ合った気がした。

　言葉で確かめたわけではない。もちろん男女の仲になったわけでもなかった。それから何年も変わることなく茅ケ崎に通い続け、年号が昭和に変わった頃になって、叔母を通じて結婚を申しこんできた。

申し出を断ろうとも考えた。しかし、節操を守った竹井の態度は好ましかったし、似たような気持ちを抱えた者同士、静かに寄り添っていくのも悪くない気がした。それに自分たちが相手を見つけることもなく、このまま老いていくことを愛子も望まないだろうという確信もあった。二人で妹の思い出を抱えて生きていこうと決めた。色恋から始まった間柄ではなかったので、生臭い嫉妬《しっと》の感情など自分にはないと勝手に思いこんでいた。

妹の手紙を見つけた晩、八重はほとんど眠ることができなかった。そのことが関係しているのか、朝方には数日早く月のものが来ていた。鈍い痛みが体の芯に響くようで、起き上がるのも辛《つら》いほどだった。

どうにか夫を送り出しても、八重はすぐに寝込まなかった。文机の引き出しを開けて、例の手紙を調べる方を優先させたのだ。予想に反して封筒は空っぽで、引き出しの底まで調べても中身らしいものは見つからなかった。

もっと目につかない場所に隠しているのかもしれない。他の手紙と一緒に。さすがにそれ以上捜す気力はなく、八重は諦《あきら》めて日の当たる四畳半に寝転んだ。天井を眺めながら物思いに耽《ふけ》る。竹井とは似ているつもりでいたが、勘違いだったかもしれない。二人で暮らし始めると、分からないことばかりだ。もともと育ちも違えば、ものの考え方も違う人間同士だ。この奇妙なアパートメントも違いのあらわれに思える。

ここは八重の望んでいた住まいではない。

ひょっとすると夫は愛子と住むようなつもりで、自分と住んでいるのではないだろうか。妹の代わりに姉を据えただけの話かもしれない。

しかし、それを言い出せば自分はどうか。唯一《ゆいいつ》の家族だった妹を失って、寂しさを紛らわせているだけではないのか。空いた穴を別のもので埋めたわけではないと、どうして言いきれるだろう。

夫の考えが不純だったとしても、それを責める資格などないと思った。大なり小なり誰もが不純なものを抱えている。

いつのまにかうとうとしていたらしい。

目を覚ますと日は高くなっている。朝よりも痛みはやわらいでいた。ぼんやりする頭を振って水洗便所へ行く。水を流して廊下へ出ると、異音が背後から聞こえた。振り返った八重の顔から血の気が引いた。赤く染まった水が便器からどくどくと溢れてくる。昨日見せてもらった「御注意」の内容を思い出す。そういえば、月経用の脱脂綿を流してはいけないと書いてあった。

例の恐ろしげな管理人を呼んで、処理してもらうしかなかった。

昨日の布団の件もあったせいか、男は八重に向かって怒りをぶつけ続けていた。月のものの始末を男性に、よりによってこの管理人にやってもらっている恥ずかしさと惨《みじ》めさで身も縮むようだった。このアパートメントに来るまでは水洗便所を使ったことがなく、不慣れなせいもあったのだが、そんな言い訳ができる雰囲気ではなかった。

八重は黙って頭を下げ続けた。

「規則を守らない人には出て行ってもらいますからね。お宅のご主人とも一度話をしないと駄目だな、これは！」

下水管の詰まりを直した管理人は、扉をぴしゃりと閉めていった。

痛みは完全に引いていなかったが、八重は水の飛び散った廊下を雑巾《ぞうきん》で拭《ふ》いた。怒鳴られた余韻でまだ手が震えている。

いたたまれない思いをしてまで、どうしてこんなところに住まなければならないのだろう。もともと好きで来たわけではない。どうしてあんなになじられなければならないのか。

馬鹿馬鹿《ばかばか》しい。

八重は雑巾を金だらいに叩《たた》きつけ、ふらりと立ち上がる。そのまま下駄《げた》を突っかけると、扉の外へ出てしまった。

行くあてなどありはしない。最初の夫から逃げた時とは違って、茅ヶ崎の実家に迎えてくれる人はいない。頼りになる親戚も思い当たらなかった。そもそも荷物はおろか財布すら持ってきていない。本気で飛び出したわけではないと自分でも分かっていた。

同じような建物の下を、重い足取りで歩き回った挙げ句、八重は元の場所へ戻ってきた。見上げるとさっきまでいた三階の窓が見える。今は部屋に戻りたくなかったので、建物の入り口にあった細長い木箱に腰かけた。住人の誰かがうっかり置き忘れたのだろう。あの管理人が通りかかったら、また唾《つば》を飛ばして怒鳴り出しそうだ。それでも動く気にはなれなかった。

さきのくらには　おうじさま
あとのくらには　おひめさま

のったふたりは　おそろいの
しろいうわぎを　きてました

昨日と同じ歌声が聞こえてくる。通りを挟んだ向かいに別の棟があり、その階段に男の子と女の子が並んで座っている。小学校に通うか通わないかの年頃だ。よくよく耳を傾けていると、女の子は少し調子外れで、男の子の方が上手《うま》くリードしている。二人とも笑顔だった。

ひろいさばくを　ひとすじに
ふたりはどこへ　ゆくのでしょう……

本当にどこへ行くのだろう、と八重は思った。とにかく二人は一緒に旅を続けるのだ。他に誰もいない月の沙漠では、お互い離れるわけにはいかない。
王子と姫だけではなく、きっとどんな男女でも同じだ。
アパートメントの入り口で、八重は夫を待ち続けた。まずは話を聞こうと思った。それがどんなに耐えがたいものだとしても。もっと早くに尋ねるべきだった。

時間はゆっくり流れていく。

魚屋や豆腐屋の自転車が行商に来ると、女たちが部屋から出てきて買い物を始める。顔見知り同士が挨拶《あいさつ》を交わし、買い物の後にも立ち話をしている。

おかしな場所だと思っていたが、こうして眺めているとごく普通の暮らしが営まれている。そういえば高いところに住むのを嫌っていたくせに、八重はあまり外へ出ようとしなかった。最新のアパートメントに住むようなモダンな人々と、どう接したらいいか分からなかったのだ。

紗《しゃ》のような薄い雲が赤みを帯びてきた。

立ち話をしていた女たちも、歌っていた子供たちも、いつのまにか部屋に戻っている。日が暮れようとしていた。

夫が会社から帰ってきた時刻は、昨日と変わらなかった。木箱にちょこんと座っている八重の姿に目を瞬《しばた》かせた。

「こんなところで、どうしたんですか」

八重の息が詰まる。大事なことを言えない、例の癖が出そうになった。

「話があって、待っていました」

喉をこじ開けるように答える。夫は明かりの点《つ》いていない三階の窓をちらっと見上げた。

「部屋で話しませんか」

それは嫌だった。首を横に振る。

「ここで話したいんです」

少し考えてから、夫は隣に腰かけてきた。両手を組んで八重の顔を覗《のぞ》きこむ。

「どうして、ここに住むことにしたんですか」

と、八重は言った。さすがにいきなり手紙のことを切り出せなかった。

「何の話ですか」

太い眉《まゆ》が怪訝《けげん》そうに寄った。

「このアパートメント、わたしは好きになれません」

ついに言ってしまったと思った。当然、好きになれない理由を訊《き》かれるだろう。何から話せばいいか頭の中で整理していると、夫は静かにうなずいた。

「今のところ、僕も好きになれません」

「え？」

今度は八重が訊き返す番だった。

「本当ですか」

「ええ。こんなモダンなところに住むのは初めてですから。特に三階というのが落ち着かなくて……一階か二階の部屋へ移れないか、管理事務所に相談しているところなんです」

とたんに肩から力が抜けていった。八重の思っていたことと似たり寄ったりだ。でも、それならどうして。

「どうして、ここに住みたがっていたんですか」

「これです」

と、建物の外壁を指差した。

「鉄筋コンクリートの建物は、今までの木造よりもずっと地震や火事に強いそうです。万が一、また震災が起こっても、建物の中にいれば安全だと思って」

夫は言葉を切り、自分の膝元に目を落とした。

「同じことを、繰り返したくない」

八重は夫の横顔を見つめる。命を落とした婚約者の好みで選んだわけではなかった。生きている妻の命を守ろうとしているだけだったのだ。

唇を湿らせる。今なら言えると思った。

「昨日、机に手紙が入っているのを見ました」

手紙、と夫がつぶやいた。なんのことか分からない様子だった。

「妹があなたに宛てた手紙です。どうしても気になって、封筒を開けてしまいました。空っぽだったけれど……でも、ごめんなさい」

あんなもの、開けるべきではなかった。どんな手紙だったとしても、もう今の自分には関係がない。二度と覗いたりしない。そう誓おうとした時、夫はぱっと腰を上げた。

「少し待っていて下さい」

そう言って階段を駆け上がっていく。三階の部屋へ行ったらしい。すぐにまた駆け下りてきた。手にはむき出しの便箋《びんせん》が握られている。

「いつかあなたに見せるつもりで、大事な書類と一緒に仕舞っていました。封筒の方が見つからなくて、ずっと困っていたんです」

便箋が八重の手に載せられる。意味が呑みこめないまま、夕明かりで文字を追い始めた。

竹井光生さま
御手紙有り難うございました。

光生さんのことを姉がどう思つてゐるのか、まだ御心配のやうですけれども、私はちつとも心配してをりません。姉は無口なだけで、とても優しい人です。

光生さんとよく似てゐると思ひます。

もう何度も書いてゐるので、うんざりなさつてゐるかもしれませんね。でも、やつぱりまた書きます。

いつか二人はお互ひに何でも話し合へるやうな、氣の置けない間柄になると思ひます。私はその御役に立てると信じてゐます。


「愛子さんは僕への手紙に必ずあなたのことを書いていました」

声を抑えようと努めていることが、八重にも伝わってきた。

「あなたは優しい人だから、きっと僕ともうまくやれる……自分たち三人は、必ず幸せになるだろうと」

八重はきちんと手紙を畳んで返した。久しぶりに妹の声を聞いた気がして、ぐっと唇を嚙《か》みしめる。結局、今度も気持ちを代弁してもらったようなものだ。

本当は三人で幸せになれればよかった。三人で月の沙漠を行く旅路もあったかもしれない。

けれど、妹はもうどこにもいない。

ここにいるのは自分たちだけだ。

「部屋に戻りましょうか」

夫の言葉にうなずいて、八重は立ち上がる。これからどうなるかは分からない。とにかく、もう少しあの部屋で暮らしてみようと思う。この人と二人で。

建物の入り口にある電灯がようやく点《とも》った。

恵みの露　一九三七

代官山駅の改札を抜けると、いつも肩の荷を下ろした気分になる。騒々しい自動車もあまり行き交わず、電車が遠ざかった後はほとんど物音もない。渋谷から私鉄でほんの数分の距離だが、郊外の静けさが漂っていた。

駅前のゆるやかな斜面にはコンクリートの白い建物が並んでいる。十年前に建てられた代官山アパートメントだ。

背広の上に紺のコートを羽織った竹井は、敷地の一角に足を踏み入れた。今日は土曜の半日出勤で、早い時刻に帰ってこられた。

ゆっくりと坂を上がっていく。無機質なコンクリートよりも、冬芽を宿した銀杏《いちょう》の並木が目立つ。この十年で幹も枝も太く育った。その先に見える青空は曇りなく晴れ渡っている。

十二月にしてはおだやかな陽気だった。どこからか子供たちの遊ぶ声は聞こえてくるが、姿は見当たらない。

竹井は新築の頃からこのアパートに住んでいる。住まいは敷地の隅にある三階建ての棟だ。棟の入り口の前まで来た時、しゃがみこんでいる小さな背中に気付いた。厚手の赤いオーバーを着た、おかっぱ頭の少女だった。足下にいる真っ白な猫を黙々と撫《な》でながら、ぼそぼそ声で話しかけている。

「恵子《けいこ》」

竹井の呼びかけに少女が勢いよく振り向いた。二重瞼《ふたえまぶた》の両目が葡萄《ぶどう》のように丸々と開かれている。唇に晴れやかな笑みが広がった。

「お父さんお帰りなさい！」

ぴょんと跳ねて飛びついてくる。小学三年生になる娘だった。驚いた白猫が壁に沿って走り去っていく。竹井は娘の頭を撫でながら後ろ姿を見送る。

「ユキとなにを話していたんだい」

ユキという名前は真っ白な毛の色から来ている。数年前からこのアパートに住み着いている雄猫で、向かいの二階建てに住んでいる女学生が部屋へ上げずに世話をしていた。規則を破っている住人もいるようだが、このアパートで動物を飼うことは禁じられている。

最近、女学生が病気にかかり、近所の子供たちが交替で餌《えさ》を与えるようになった。恵子もそのうちの一人だった。

「ユキのことをたくさんお手紙に書いたから、書いたよって報告していたの」

恵子は竹井の先に立って階段を上がる。土産に買った甘栗《あまぐり》の袋を渡すと、家へ帰りたくなったらしい。竹井家は建物の三階だった。

「誰への手紙？」

踊り場で娘が体ごと振り向いた。バレリーナのように勢いよくもう一回転する。いつも元気があり余っている。

「兵隊さんへのお手紙。慰問袋《いもんぶくろ》に入れたのよ」

そういえば、袋に入れるところを竹井も見ていた。大陸の前線で戦う兵士たちに、菓子や煙草《たばこ》などを詰めて送る慰問袋の運動が盛んだ。竹井家もいくつか作って婦人会に提出した。

今年の七月に起こった盧溝橋《ろこうきょう》事件をきっかけに、日本軍と蔣介石《しょうかいせき》の国民党軍との間で全面的な戦闘が始まった。つい数日前、国民政府の首都南京《ナンキン》が陥落し、東京中の人々が提灯《ちょうちん》行列で勝利を祝ったばかりだ。竹井も家族を連れて明治神宮へ行列を見に行った。

「他にはなにを書いたの」

「猫のことだけよ。どんな食べ物が好きか、どこで日向《ひなた》ぼっこをするか、絵も一緒に描いたの……兵隊さんは苦労されてるから、楽しいことを書こうと思って」

慰問袋はどの兵士に届くか分からないので、誰にでも通じる文面にするしかない。

「銃後の守りをしっかりやります」や「お父さんお母さんの言うことをよく聞きます」といった少国民としての意気込みを書くのが普通だが。

（いや、意外に喜ばれるかもしれない）

竹井は考え直した。もし自分が前線にいたら、大人からの言い付けをなぞったような決まり文句より、他愛《たわい》のない猫の話の方が心和む。そもそも、子供に見ず知らずの兵士への手紙を書かせることに無理があるのだ。

いつのまにか先に三階へ着いた恵子が振り返っていた。大柄な竹井と同じ高さで目線が合う。

「本当はクリスマスのことを書きたかったけれど、お母さんに止められたの」

急に力のない声でつぶやく。思わず足を止めた竹井を残して、娘は玄関の扉を勢いよく開けた。

「ただいまお母さん、甘栗だよ！」

竹井は噴き出しそうになった。まるで甘栗が帰ってきたようだ。部屋の空気は外と同じようにひんやりと澄んでいる。掃除が終わったばかりらしい。

「もう少し、静かに……」

細い声でたしなめながら、妻の八重が割烹着《かっぽうぎ》姿で顔を出す。竹井に気付くと、お帰りなさい、とはにかみながら言い、かぶっていた手ぬぐいを取った。

「……今日は、土曜でしたね」

しばらく間を置いてから八重が言った。お疲れさまでした、といういつもの労《ねぎら》いが喉につかえた様子だった。半日出勤で大して疲れてはいない夫に、他の言葉を探していたのだろう。

うん、と答えてコートを脱ぎ、鞄《かばん》ごと渡す。普段ならすぐに片付けて、竹井の着替えを準備してくれるところだが、今日の妻は玄関先から動かない。甘栗の袋を振り振り四畳半の居間に駆けこんだ恵子の方を窺《うかが》っている。娘には聞かせたくない話がありそうだ。

口の重い八重に急いで内緒話をするような芸はない。竹井の方も手際《てぎわ》よく聞き出せるほど器用ではなかった。

「お茶が欲しいな」

靴を脱いで廊下に上がる。頃合いを見てじっくり話をするつもりだった。

その頃合いは予想外に早くやって来た。お遣いから戻ったら二人で遊ぶ約束をしていた二階に住む恵子と同い年の娘が訪ねてきた。家族三人で甘栗の袋を開けた途端、二階に住む恵子と同い年の娘が訪ねてきたのだという。この寒い中、恵子がわざわざ外にいたのは、友達と遊ぶ予定だったのだ。まだ生温かい甘栗を半分持たせて外へ出すと、部屋の中には嵐《あらし》が過ぎた後のような静けさが漂った。

恵子は竹井にも八重にもあまり似ていない。明るい性格だけではなく、はっきりした顔立ちも、関東地震で亡《な》くなった八重の妹──竹井が結婚するはずだった愛子を思わせた。

（十三回忌は、一昨年だったな）

自分たちの穏やかな暮らしに、後ろめたさを覚えないと言えば嘘《うそ》になる。しかし、失われた命を取り戻せない以上、せめて血の繋《つな》がった二人を精一杯《いっぱい》慈しみ、家族としての暮らしを守ることで供養《くよう》に代えるつもりでいた。きっと八重も同じ気持ちのはずだ。

ガスストーブの上に置かれたやかんが湯気を上げ始める。八重が淹《い》れてくれた番茶をすりながら話を始めようとした時、彼女は見覚えのある紙束を座卓に載せた。英文の印刷されたリーフレットだった。どこかの政治団体が作り、その関係者だという大学時代の同窓生に手渡されたものだ。

竹井はドイツに本社のある機械製造会社の東京支社で営業職に就いている。貿易会社で働いていた頃に培《つちか》った語学力を買われて、五年前に転職したのだった。仕事柄、外国人との付き合いも多い。リーフレットは英米にいる知人にクリスマスカードと一緒に送るよう頼まれていた。

「この紙、捨てても大丈夫でしたか」

掃除の時に出てきたんですけれど、と八重は付け加えた。

「いいよ。使わなかったから」

昨日、竹井がまとめて屑《くず》入れに放りこんでいた。そもそも今はクリスマスの一週間前で、カードは海外へとっくに発送している。

うなずいた八重は、何枚か広げて栗皮を受けるのに使った。

リーフレットには日支関係における日本の正当性や、国民政府の不当性を訴える稚《ち》拙《せつ》な英文が印刷されていた。こんなものを海外の知り合いへ送る気にはなれなかった。欧米人にとって、クリスマスは日本人にとっての正月のような日だ。年に一度の大事な祭日に、外国の政治的な主張を読まされて鼻白まない人間がいるだろうか。

数日前に明治神宮で見た祝勝の提灯行列は、星空が降りてきたように美しく、皇軍の勝利も喜ばしかったが、なにかすっきりしないものも残った。首都の南京が陥落したといっても、国民政府が和平交渉に応じる気配はない。だとしたら、戦いはどこまで続くのだろう。いくら皇軍が無敵といっても、広大な支那の領土すべてを占領できるとも思えない。

今の状況には、どこか無理があるのではないか。

この無粋《ぶすい》なリーフレットも、子供たちが見知らぬ兵士に送る慰問文も、綻《ほころ》びの小さな一部のように見えてしまう。

「どうぞ」

八重が剝《む》き終えた甘栗を律儀《りちぎ》に差し出していた。特に大きな粒を選んでくれたらしい。受け取った竹井はつやのある実を二つに割ると、次の甘栗に爪《つめ》を立てている八重の口元に持っていった。

「わたしは後で……」

遠慮する唇に押しこむと、八重は顔を赤らめて礼を言った。

結婚してから十年経《た》つが、彼女は昔とあまり変わらない。一筆で描いたようなさっぱりした目鼻と肌の白さは博多人形を思わせる。妹に比べて不器量だと言われて育ったそうだが、竹井の目には別の意味で眩《まぶ》しく映っていた。

「それで、なにかあったのかい」

話したかったのはリーフレットの始末ではないはずだ。甘栗を呑《の》みこんでから、八重はもう一度玄関を見て、娘が戻ってこないことを確かめた。

「恵子への、クリスマスプレゼントですけれど」

竹井は目を瞬《しばた》かせた。この家ではクリスマスを毎年祝うことにしている。七面鳥が主菜のきちんとした晩餐《ばんさん》を三人で食べて、娘が眠った後で枕元《まくらもと》にプレゼントを置いておく。もちろんそれはサンタクロースから贈られたことにしてある。戦時だからと繁華街ではクリスマスパーティーが自粛されているが、竹井家では例年通りにする予定だった。何よりも娘が楽しみにしている。十二月二十五日は恵子の誕生日でもあった。

「どこかへ動かしましたか」

「いや、触っていないな」

サンタクロースに伝えるという口実で、竹井が恵子の希望を聞いてデパートに注文し、昨日八重が受け取ってきたばかりだった。今年は白い猫のぬいぐるみだ。アパートに住み着いているユキによく似ている。去年までと同じように、台所にあるブリキの米びつに隠したはずだ。

「なくなったんです」

口ごもりながら八重が説明する。さっき米びつを開けた時、プレゼントの箱にかかっているリボンの結び目が乱れており、開けてみるとぬいぐるみが消えていたという。

「空き巣でも入ったのかい」

違うだろうなと思いつつ尋ねる。このアパートを不審な人間がうろついていれば目立つはずだし、そもそもぬいぐるみだけを盗んでいく空き巣などいるわけがない。

「実は、その」

八重は困ったように眉《まゆ》を寄せている。

「心当たりがあるんです……誰が持っていったのか」

盗んだとは言いにくい様子だ。顔見知りなのだろうと竹井にも見当がついた。

日が沈む前に、竹井は洗面器や手拭《てぬぐ》いを抱えて建物の外へ出た。このアパートには部屋風呂《ぶろ》がない。住民は敷地の中にある銭湯を使うことになっていた。

夕日を浴びたコンクリートが赤く輝いている。十年前、無理をしてここに入居したのは、コンクリートの建物は地震に強いと聞いたからだ。最近は小さなひびや汚れも目立ってきたが、それでも十分に頼もしく見える。

窓の開く音に振り返る。竹井の住む棟から通りを挟んで、二階建ての棟がある。前庭に面した一階の窓に、綿入り半纏《はんてん》を羽織った寝間着姿の少女が立っていた。ちょうど空気を入れ換えようとしていたのだろう。長い髪はきれいに編まれているが、肉の削《そ》げた水気のない頰には大人じみたやつれがあった。

「こんにちは、おじさん」

弱々しい笑顔に胸を衝《つ》かれる。

「やあ、ハナちゃん」

竹井は挨拶《あいさつ》を返す。杉岡《すぎおか》ハナというのが彼女の名前だ。年はまだ十四か十五のはずだ。

「具合はどうだい」

今日は顔色がいいね、などと言う気にはなれなかった。おそらく体調は本人が一番よく分かっている。子供だましの世辞など見透かされるだけだ。

「朝から咳《せき》が出てしまって……午後はだいぶよくなりましたけれど」

以前とは別人のように力のない声だった。

ハナは肺結核にかかり、秋口から女学校も休んでいる。これといった治療法がない以上、滋養のあるものを食べて体を休めるしかない。昨日駅で会ったハナの父親は転地療養の先を探していると言っていた。四国にいる親戚《しんせき》の農家に滞在する手はずが整っていたが、その家の誰かが強硬に反対したらしい。万が一家畜にうつるかもしれないからと、使者を寄越して丁重に断ってきたという。

　人間の結核菌が動物に感染するとも思えない。ひどい口実もあったものだが、竹井もこの娘の病気を警戒していることに変わりはなかった。姉妹のように付き合っていたのを知っていて、恵子にはハナを見舞わないよう言い渡している。感染を避けるためとはいえ、むごい仕打ちだと自覚していた。

「そういえば、兄さんを見ませんでしたか」

　竹井は息を詰めた。ハナには俊平《しゅんぺい》という年子の兄がいる。

「……見ていないな。俊平君がどうかしたの」

「最近、すぐに外へ出ていってしまうんです。わたしを起こさないように気を遣っているんでしょうけど。もしこのあたりにいたら、遠慮しないで帰ってきてって伝えてもらえませんか」

「分かった。伝えておくよ」

「ありがとうございます……それじゃ、恵子ちゃんやおばさんにもよろしく伝えて下さい」

ハナは急に話を切り上げて、静かに窓を閉めた。ガラス越しに咳《せ》きこむ声が聞こえた。余計な気遣いをさせまいとしたのだろう。

竹井は向きを変えて歩き出す。

兄が遠慮をして外にいる、などと本気でハナが考えているのかは分からない。杉岡俊平については いい噂《うわさ》を聞かなかった。中学に入ってからは学校帰りに渋谷の映画館や喫茶店に入り浸っているという。道玄坂《どうげんざか》の夜市をぶらつく姿を見たという人もあった。

素直で聞き分けがいいと評判のハナとは違い、いつも唇の端を上げて、一つでも多く軽口を叩《たた》こうとしているような少年だった。

恵子のクリスマスプレゼントを持ち出したのは、俊平かもしれないと八重は言っていた。

昨日、渋谷駅の東横《とうよこ》百貨店でクリスマスプレゼントを受け取った後、商店街で生卵や野菜を買いこんだ八重は、アパートの前で学校帰りらしい俊平に声をかけられた。

「おばさん、荷物半分運びましょうか」

殊勝な申し出に面食らったものの、断るのも悪いと考え直し、プレゼントの方を持ってもらうことにした。お礼に部屋へ上げてビスケットと紅茶を振る舞うと、俊平はがつがつと口に放りこみながら、クリスマスプレゼントが米びつに仕舞いこまれるのを眺めていたらしい。

「それじゃプレゼントが米臭くなっちまいそうだなあ。まあ、それでもいいか。クリスマス枡《ます》って言うぐらいだから」

薄笑いで駄洒落《だじゃれ》を飛ばす。そこへ同じ階の主婦が訪ねてきて、八重は玄関に立った。扉の外で話すうちに、ビスケットと紅茶を平らげた俊平が、ご馳走様《ちそうさま》でしたと言い残して階段を駆け下りていったという。肩にかけていた学生かばんにならぬいぐるみの一つぐらいは押し込めたかもしれない――。

八重の話を聞く限りでは、確かに俊平が怪しかった。しかし、中学生の俊平が子供のおもちゃを盗んでいく理由が分からない。箪笥《たんす》を開ければもっと金に換えやすいものが見つかっただろう。それに素行が怪しいとはいえ、これまで俊平が盗みを働いたという話も聞かない。

銭湯に近い建物の角を回った時、食堂の前にいる学生服姿の少年に気付いた。このアパートには独身者向けの棟があり、彼らが利用できるよう一階に食堂が作られていた。

　少年は気取ったポーズで顎《あご》に手を当てて、メニューの書かれた看板を凝視している。学生帽を斜めにかぶっているのはお洒落のつもりかもしれない。

「俊平君」

　少年は勢いよく振り返った。勢い余ってさらにもう一回転して見せる。さっき娘がやっていたのはこれの真似《まね》だったのだろう。恵子はハナだけではなく、俊平のことも慕っている。面白い話をたくさんしてくれるから好き、と言ったことがあった。

「竹井のおじさん、こんにちは」

　馬鹿《ばか》丁寧に帽子を取って挨拶する。ポマードで撫でつけられた髪がしっとりと波打っていた。きりりと眉が太く、顔立ちは整っている方だが、色黒で痩《や》せているせいか牛蒡《ごぼう》を連想させる。ハナとは全く似ていなかった。

「風呂に行くところですか」

「……ああ」

「いいですね。僕は腹を空《す》かせてるところです」

　と、また看板を眺め始める。カレーライス、各種定食、パン各種。内装はモダンだったが、メニューはごく普通の大衆食堂で、特に高いわけでもない。夕食にはまだ早い時間のせいか、客はほとんどいなかった。

「中に入らないのかい」

「今月は金欠ですからね。昼も水しか飲んでません」

妙なところで胸を張る。八重が出したビスケットを一気に平らげたという話を思い出した。父親は銀行の役員で、きちんと小遣いも与えられているはずだが。

「ハナちゃんが心配していたよ。自分に遠慮しないで帰ってきて欲しいそうだ」

俊平はかすかに鼻を鳴らして笑った。

「いちいち遠慮なんてしませんね、妹には」

他の誰かに遠慮しているような物言いだ。しかし、杉岡家は四人家族で女中や看護婦も雇っていないと聞く。遠慮するような相手がいるとは思えなかった。

「よかったら、何か食べないか？　おじさんが奢《おご》るよ」

恵子のプレゼントはデパートに在庫がなく、問屋から取り寄せてもらったものだった。買い直すにしてもクリスマスには間に合わないかもしれない。本当に俊平が盗んだとしたら、事情ぐらいは問いただしたかった。

俊平は竹井の顔を上目で窺《うかが》っている。突然の申し出に警戒しているのだろう。結局、警戒心より食欲が勝ったようだった。

「ありがとうございます。それじゃ、遠慮なくご馳走になりますよ」
ませた口調で答え、鼻歌交じりに食堂へ入っていった。
ストーブの上でやかんが湯気を立てている。
注文の後で一番奥のテーブルについた。どう切り出そうか竹井が考えあぐねている
と、壁際に置かれたラジオからクリスマスという単語が耳に飛びこんできた。内務省
からの通達が全国の警察に発せられ、ダンスホールや喫茶店、レストランなどでのク
リスマスパーティーが取り締まりの対象になるというニュースだった。
竹井は無言で腕を組む。前線で戦う兵士たちのことを思えば、盛り場での騒ぎを自
粛するのは人として当たり前のことだ。しかし、警察がわざわざ人員を割いてまで取
り締まることに何の意味があるだろう。
「パーティーをやめたからって、今度の事変が早く終わるわけじゃないと思いますけ
どねえ……クリスマス、僕は好きですよ」
それについては竹井も同感だった。自分自身が参加するかどうかは別として、大勢
の人々が楽しんでいる雰囲気は好きだ。俊平は急に人差し指を指揮棒のように振りな
がら、きれいに澄んだテノールで歌い始めた。

もろびとこぞりて　むかえまつれ
ひさしくまちにし　主《しゅ》はきませり
主はきませり　主は主はきませり

クリスマスの日に恵子がよく歌っている賛美歌だ。相手が神ではないにしても、人々はこぞって何かを迎え入れようとしている。しようとしていた話を忘れて、竹井はつい歌に聞き入った。

「そういえば昔、よくハナちゃんと二人で童謡を歌っていたね。階段に座って」

どんな曲だったか忘れたが、二人の姿ははっきり頭に浮かぶ——もう十年も前のことだ。自分たち大人は年を取り、子供たちは成長していく。

「歌っていましたよ。ハナの奴《やつ》、音痴だからこっちも引っ張られそうになるんです。僕とは声も全然違いますしね」

俊平は懐《なつ》かしそうに目を細めた。

「最初は兄妹だと分からなかったな。年も近いし、アパートの友達同士だとばかり思っていた」

「無理もないですよ。兄妹じゃありませんからね、もともとは」

あまりにもさらりと口にしたので、もう少しで聞き流してしまうところだった。

「どういうことだい」

「僕、養子なんです。杉岡の両親と血の繋《つな》がっているのはハナだけで……聞いたことはありませんでしたか」

「……いや、初耳だよ」

竹井は首を振る。八重も知らないはずだ。近所で知っている人間はいないのではないか。俊平は乾いた口調で続けた。

「実の両親は両国で質屋をやっていて、僕が生まれたのもそこでした。赤ん坊の頃に関東地震が起こって、その後の大火事に父も母も巻きこまれちまって……子守りのねえやと一緒にいた僕だけが助かったんです」

きりっと胸がうずいた。あの大地震では竹井や八重も大事な人を失っている。こんな年若い少年が同じ目に遭っているとは思っていなかった。

「それなら、杉岡さんたちは……」

「遠い親戚です。特にこのところ、義理の母とうまく行っていなくて」

屈託《くったく》なく笑って頭をかく。妹ではなく母親に遠慮していたわけだ。

注文した料理が出来上がって、俊平がカウンターまで取りに行った。腹が減っていない竹井はあんパンを一つ買っただけだ。俊平は湯気の立つ山盛りのカレーライスを盆に載せて戻ってくると、いただきますと手を合わせて食べ始めた。みるみるうちに皿の中身が減っていく。

半分ほど片付けたあたりで一息ついたのか、俊平はコップの水を飲んだ。

「僕に話があるんですよね」

竹井は迷っていた。もともとこれといった証拠があるわけではない。しかし、自分たちの部屋からものが消えたことも確かだ。この少年が犯人でないとしても、事情を問いただす必要はある。竹井は自分の唇を湿した。

「実は、恵子のために買ったクリスマスプレゼントがなくなったんだ。誰かが持っていったのかもしれない……小学生の女の子が喜ぶような、白い猫のぬいぐるみなんだが」

カレーライスの山に入りかけていたスプーンが止まっている。固いすじ肉でも噛《か》んだように、眉間《みけん》に皺《しわ》が寄っていた。少なくとも心当たりはあるのだ。

「君がうちに来た時、プレゼントをどこに仕舞ったのか見ていたそうだね」

「……米びつの中、でした」

声に力がない。食べるのをやめて膝《ひざ》に両手を置いた。急に食欲が失《う》せたらしい。

「いつ、なくなったって分かったんですか」

「さっきだよ。家内が米びつを開けて気付いたんだ」

沈黙が流れた。俊平は椅子《いす》の上で小さくなっている。態度では自分だと言っているようなものだが、そう簡単に認めないだろう――そう思った時、彼はぱっと顔を上げた。

「盗《と》ったのは僕です……ごめんなさい」

竹井は冷めた茶を一口すすった。不思議と腹は立たなかった。誰のしわざかはっきりして、むしろほっとした気分だった。

「私もあまり話を大きくしたくない。返してくれれば、杉岡さんたちにも伏せておくよ。ただ、あんなものを持っていった理由を教えてくれないか」

なにか事情があるはずだ。すると、俊平の顔が苦しげに歪《ゆが》んだ。罪を認めるより難しいとでも言いたげだった。

「今は話せません」

彼は絞り出すようにつぶやいた。

「明日か……遅くても明後日《あさって》には必ず返します。だから、もう少しだけ待ってもらえませんか。お願いします」

テーブルに両手を突いて、カレーライスに前髪が触れそうなほど深々と頭を下げた。

夜から日曜の朝にかけて小雨が降ったが、昼前には雲の間から光も差してきた。

昼食の後、竹井は南向きの四畳半で、その場にあった紙を広げて爪を切っていた。

よく見ると紙にはクリスマス・ソングの歌詞が印刷されている。一昨年、子供向けのクリスマス音楽会へ家族で行った時、配られたもののようだ。恵子がクリスマスに備えて歌の練習をしているのだろう。

そこには「もろびとこぞりて」も含まれている。俊平が歌っていたのは一番で、歌詞はその先もあった。ふと、その一節に竹井は目を留めた。

しぼめるこころの　はなをさかせ
めぐみのつゆおく　主はきませり
主はきませり　主は主はきませり

こんな歌詞は初めて知った。どこで区切ったものかよく分からない。爪切りを使いながら小さく口ずさんでみる。部屋には一人だけで、誰にも聞かれる心配はなかった。恵子は遊びに出かけており、八重は台所で昼食の食器を洗っている。

不思議と胸に沁《し》みる歌詞だった。

切った爪を屑入れに捨てた竹井は、窓の鳴る音が大きくなっていることに気付いた。物干し竿にかかった洗面タオルが真横にたなびいている。かなり風が強い。飛ばされると厄介だと思い、立ち上がって窓を開けた。銀杏の枝に引っかかっている白いハンカチが見えた。どこかの住人が干していたものだろう。

入居したての頃は規則が厳しく、洗濯物や布団《ふとん》を通りに面した窓辺に干すことも禁止されていたが、最近は管理人もうるさいことを言わなくなった。東京でも珍しいモダンさがこのアパートの特色だが、以前よりも肩肘《かたひじ》張らずに暮らせるようになっている。

タオルを取りこんで窓を閉めようとした時、眼下の通りを白いものが動いた。猫のユキが向かいの棟へ走っていくところだった。庭側の窓が開いており、昨日と同じ半纏を着たハナが凍りついたように立っている。

ユキが庭の柵《さく》をすり抜けようとした時、少女はぴしゃりと窓を閉めてしまった。音に驚いた猫が足を止め、やがて向きを変えて去っていった。

以前はハナが世話していた猫で、今も彼女に懐《なつ》いている。拒むような真似をする理由はないはずだ——しかも猫の姿が消えてから、ハナはおそるおそる窓を開けて様子を窺っている。いなくなったのを確かめているように。

（……そういうことか）

頭の中ですべてが繋がった気がした。

そこへ風呂敷包みを背負ったジャンパー姿の俊平が、口笛を吹きながら現れた。曲は昨日も歌っていた「もろびとこぞりて」だった。窓辺にいる妹に気付くと、小走りでひらりと柵を乗り越えた。

「一足早くサンタクロース様が来たぞ。メリークリスマス！」

元気に声をかけられて、ハナが噴き出した。大きな荷物を背負っている以外、サンタクロースとまるで共通点がない。せいぜい行商人の見習いというところだ。妹を笑わせようとしているのだろう。

「いい子のお前に、プレゼントを持ってきた！」

風呂敷の結び目をほどくと、窓枠に腰かけている妹に次々と中身を手渡した。大きなカステラの箱、鶏卵の詰まった籠《かご》に牛肉の大和煮の缶詰、赤い包装紙に包まれたカルピスの瓶まであった。

（今月は金欠ですからね）

大人ぶった物言いが脳裏に蘇《よみがえ》った。あれだけ滋養のありそうな食べ物を買いこもうとすれば、小遣いが足りなくなるに決まっている。

視線に気付いたのか、竹井の方を見上げた俊平が神妙に頭を下げてくる。大事そうにカステラの箱を抱えたハナも兄に倣《なら》った。

じろじろ眺めているのも気が咎《とが》める。竹井は二人に目礼して窓を閉めた。振り返ったところに、八重が台所から現れた。

「風が強いから、取りこんでおいたよ」

「ありがとうございます」

と、まだ湿っているタオルを受け取る。

「八重」

隣の部屋へ行こうとしていた妻が振り返る。気になっていたことがあった。

「一昨日、俊平君がここへ来た時、どんな話をしたのか憶《おぼ》えているかい」

タオルを抱えたまま、八重は小首をかしげた。

「話をしたというより……わたしが俊平君の話を聞いていました」

「君からは何も話さなかったの」

彼女はうなずく。

「……相づちは、打ちましたが」

光景が目に浮かぶようだ。口数の多い俊平と、口の重い八重が一緒にいれば当然そうなるだろう。

「あの、それがなにか」

別に口止めされているわけではなかったが、昨日俊平と話したことを妻にはまだ伏せていた。すべて打ち明けるべきか迷っていると、玄関からノックの音が響いた。

そろそろ来る予感がしていたので、竹井が玄関の扉を開けた。立っていたのはやはり俊平だった。

「こんにちは。これを」

手には風呂敷包みを持っている。少し出てくるよ、と妻に声をかけて、俊平を促して踊り場まで下りる。二人きりで話す方がいいような気がした。

「これ、お返しします」

差し出された包みを受け取る。隙間《すきま》から中を覗《のぞ》きこむと、黒いガラスの目がこちらを見上げていた。ふわふわした白い毛で覆《おお》われた猫のぬいぐるみだ。間違いなく竹井がデパートで注文したものだった。

「ハナちゃんが持っていたんだね」

　竹井はずばりと切り出した。俊平の目が大きく見開かれる。さっきハナが猫に見せた態度で、なにが起こったのかだいたい分かった。

「このぬいぐるみを抱かせてやったんだろう……ユキの代わりに」

「そうです」

　少年は苦い顔つきでうなずいた。

「あいつ、ユキが近づいてくると追っ払うようになったんです。あんなに可愛《かわい》がっていたのにどうしてだって訊《き》いたら、動物にも病気がうつるかもしれないなんて言うんですよ。誰に吹きこまれたのか知りませんけどね」

　その話の出所は見当がつく。四国にいるという杉岡家の親戚は、ハナの受け入れを断った時に使者を寄越してきたという。このアパートで話したなら、家畜に結核菌が感染する、という口実をハナが耳にしていた可能性がある。

「それでも寂しくて仕方がないみたいでした。竹井さんのうちにプレゼントを運んでる時、ふっと思っちまったんです。こいつを抱かせてやれば少しは元気が出るかなって……本当はあの日のうちに返すつもりだったけど、ハナがあんまり喜ぶもんだから、借り物ってことも言い出せなくって」

このぬいぐるみはあの白い猫によく似ている。子供向けのおもちゃを抱くハナの胸の内を思うといたたまれなかった。

「このぬいぐるみを返すこと、ハナちゃんは知ってるのかい」

「カステラ食ってる間にこっそり持ち出しました。後でちゃんと説明します」

本当の事情を知ればハナは黙って手放すに違いない。今ですら病気に耐えている少女に、これ以上の忍耐を強いるわけだ。本人には何の罪もないのに。

竹井は俊平に風呂敷包みを差し出した。

「ハナちゃんの部屋に戻しておきなさい」

「え、でも……」

「これはハナちゃんへのクリスマスプレゼントだ。恵子の分はこちらでどうにかするよ」

今から買い直してもクリスマスには間に合わないかもしれないが、ハナからこれを取り上げるよりはましだ。転地療養で住み慣れたこのアパートを離れるなら、少しでも心の支えになるものがあった方がいい──萎《しぼ》める心に、少しでも花を咲かせてくれるものが。

「ありがとうございます」

俊平は包みを受け取って、胸の前で大事そうに抱えこむ。唇がへの字に曲がっている。涙をこらえているようだ。

「このご恩は一生忘れません。今後、僕にできることがあったら何でもします。必ず……必ず恩返しをいたしますから」

そこまでの話ではない。とはいえ、気持ちは嬉《うれ》しかった。

竹井の勤める会社では、十二月二十四日の午後は半休になる。本社がドイツにあり、外国人の社員も多いせいかもしれない。去年までと同じようにクリスマスパーティーが開かれる店はないのか、ひそひそ声で話し合っている若手の男性社員たちを尻目《しりめ》に、竹井は会社を出た。

重々しい曇り空が広がっている。山手線を渋谷駅で降りて、ハチ公像の向かいにある製菓売店へ向かう。クリスマスの飾り菓子を恵子に買って帰るつもりだったが、ガラスのケースに並ぶ戦車や機関銃をかたどった菓子に気分が白けた。こんなところにも時局が顔を出している。大きなチョコレートの箱を一つ買って、逃げるように店を離れた。

商店のショーウィンドーにはクリスマスツリーやサンタクロースの人形はほとんど

なく、代わりのように日の丸や旭日旗《きょくじつき》が飾られている。クリスマスという言葉を避けるためか、「大正天皇祭報國大賣出中」という張り紙を出す店まである。大正天皇の崩御は十二月二十五日だった。

竹井は東横百貨店のおもちゃ売り場へ行き、プレゼントの箱を受け取った。もう一度注文したぬいぐるみが今日届いていたのだ。リボンで飾られた箱を二つ抱えて、東横線のホームに立っていると、黒ずんだ空から冷たい雨が降り始めた。

今日は傘を持って出なかった。自分が濡《ぬ》れるのは構わない。気がかりなのはプレゼントと菓子の箱だ。どうしようか考えあぐねて代官山駅に降りると、改札口の向こうに赤いオーバーを着た恵子が立っていた。自分の傘とは別に大人用の蝙蝠傘《こうもりがさ》を地面に突き立てている。雨に気付いて迎えに来てくれたのだ。

「お父さん、お帰りなさい！」

「ただいま」

竹井はプレゼントの箱を振って見せた。傘を差した二人はアパートに向かって歩き出す。

「お母さん、ご馳走作って待ってるよ」

七面鳥のローストと、マッシュポテトと、にんじんのポタージュと、野菜サラダと

――恵子が指を折ってメニューを唱える。以前の八重は洋食を作るのが苦手だったが、料理教室に通って練習したのだった。

恵子は父親の持っているプレゼントについて触れようとしない。竹井の方もハナにぬいぐるみを贈ったと話していなかった。

その必要もないと思っていたからだ。

「クリスマスプレゼントをくれるのが、サンタクロースではなくお父さんたちだって、いつから気付いていたんだい」

白い息と一緒に、竹井は問いを吐いた。

しばらくの間、二人とも口を利《き》かなかった。傘を叩く雨音だけが人気《ひとけ》のない銀杏並木に響いた。

「毎年、プレゼントからお米の匂《にお》いがして、不思議に思っていたの。去年、クリスマスの前に米びつを開けてみたら、プレゼントの箱が入ってて……でも、お父さんたちはわたしのためにサンタクロースがいることにしてるから……」

竹井は苦笑する。子供の夢を壊すまいとしていたが、逆に親の方が気遣われていたらしい。いつのまにか大きくなっているものだ。

「ハナちゃんにぬいぐるみを渡したのは、恵子だったんだね。俊平君ではなく」

三階へ運ぶ最中に思いついたようなことを俊平は言っていたが、プレゼントは箱に入れられていた。中身が白い猫のぬいぐるみだと分かるはずがない。無口な八重がわざわざ説明したとも思えない。俊平の話に相づちを打つだけだったと言っていた。

俊平以外でぬいぐるみを持ち出せたのは恵子だけだ。

「いつ、ハナちゃんと会ったの」

「この前の土曜日。お父さんが帰ってくる少し前……時々、こっそりハナお姉ちゃんのお見舞いに行ってたの。ユキに触れなくて淋《さび》しがっていたから、ぬいぐるみを抱かせてあげようと思って。そうしたら……」

恵子は言い淀《よど》む。あまりハナが喜ぶので、返して欲しいと言えなくなった——ぬいぐるみを渡した者が違っただけで、俊平の説明にはほとんど嘘がなかったわけだ。親の言いつけを破ってまで、ハナに心を砕いた恵子を守るために、自分が罪をかぶったのだろう。

「俊平君には、お父さんたちに黙っているよう言われたんだね」

「うん……全部、お兄ちゃんがうまくやるから任せとけって。ごめんなさい、お父さん」

竹井たちの住む三階建ての棟が見えてきた。向かいの二階建てにハナはもういない。

数日前、寝台付きの自動車で伊豆の療養所に送られていった。見送った八重の話によると、ここ数日でさらに痩せ細ったハナは、例のぬいぐるみをしっかり抱いていたという。

「恵子」

前を向いたまま呼びかける。

「クリスマスの賛美歌、お父さんに聞かせてくれないか。練習していたんだろう」

今日はクリスマスイブだ。これ以上、しおれた娘の姿を見たくなかった。子供たちには何の罪もない。皆、自分以外の者を思いやっていただけだ。

前触れもなく、恵子が深く息を吸った。

もろびとこぞりて　むかえまつれ
ひさしくまちにし　主はきませり
主はきませり　主は主はきませり

最初は囁《ささや》くようだったが、少しずつ声は大きくなっていった。歌ううちに元気が出てきたらしい。それは竹井も同じだった。建物の階段をゆっくり上がりながら、恵子に合わせて思い出せる歌詞を口ずさんだ。

常暗《とこやみ》の世をば　てらしたもう
たえなるひかりの　主はきませり
主はきませり　主は主はきませり

これから先、何が起こるのかは分からない。
しかし、今のような状況が長く続くとも思えない。来年か、せいぜい再来年には支那との戦いも終わり、クリスマスぐらい気兼ねなく祝えるようになっているはずだ。それまでにはハナの結核も治り、俊平も今の両親とうまく行っているかもしれない。きっと自分たちも平穏無事にこのアパートで暮らしている。これまでと同じように。

しぼめるこころの　はなをさかせ
めぐみのつゆおく　主はきませり
主はきませり　主は主はきませり

誰もが恵みの露を受け取れる、そんな世の中になっていればいい。

三階に着くと、部屋の中から温かな料理の香りが漂う。プレゼントの箱を抱えた竹井に代わって、恵子が歌いながら扉を開けた。

楽園　一九四七

『皆さん、おねがいです。どうか拍手をしてやって下さい』

突然、スクリーンの中から女優が語りかけてきた。

「素晴らしき日曜日」は貧しい恋人たちの一日を描く映画だった。焼け跡ばかりの東京をさまよい歩いた挙げ句、無人の野外音楽堂に忍びこんで指揮者の真似事《まねごと》をするが、吹きつける木枯らしに打ちのめされた男が座りこんでしまう。すると女の方がカメラを向いて、夢を持てない貧しい自分たちをどうか励まして欲しい、と観客に拍手を求めてくるのだ。

暗がりの中で竹井恵子は激しく両手を叩《たた》く。道玄坂の東宝映画劇場は満席に近い。届け物で父の勤め先へ行った帰り、渋谷で映画を観《み》たくなったのだ。

恋人たちのなりゆきに一喜一憂するうちに、二人が他人とは思えなくなっていた。彼らの方も自分に親しみを感じてくれているようで、うきうきと胸が躍った。他の観客たちも当然拍手すると思っていたが、恵子以外に手を動かしている者は周りにいない。気まずそうな白けた雰囲気だった。

復員兵らしい隣の男に至っては、戦闘帽の下から恵子の顔に尖《とが》った目を向けている。今にも軍隊式の鉄拳《てっけん》制裁でも飛んできそうで、水をかけられたように気持ちが萎《しぼ》んだ。

硬い座席に背中を預けようとした時、どこかから響いてくる力強い拍手に気付いた。恵子の何列か前で、白いシャツを腕まくりした小柄な男が、立ち上がって両手を派手に鳴らしている。学生には見えないが、年は若いようだ。ポマードで撫《な》でつけられた後ろ髪が襟の上で不器用に跳ねていた。

あ、と恵子は声を上げた。肩の線に見覚えがある――知っている人かもしれない。

「兄ちゃん、邪魔だ。座れよ」

戦闘帽の男が隣で声を荒らげる。白いシャツの男はくるりとターンして、おどけたように敬礼した。恵子は息を呑《の》んだ。

「……俊平さん」

恵子に目を留めた途端、杉岡俊平の笑顔が強張《こわば》った。

上映が終わった後、俊平はそそくさと館内から出て行ってしまった。見失うわけにはいかない。次の回を観に入ってくる客の流れに逆らって、恵子も急いで外へ向かった。

梅雨明けの空は明るく晴れ渡っている。

露店の立ち並ぶ午後の道玄坂は人通りが激しかった。敗戦から二年近く、瓦礫《がれき》の山だったこの近辺にはたちまちトタン板のバラック小屋が立ち並び、今はもう少しまともな板壁の家に建て直されている。買い出しらしく大荷物を抱えた日本人が多い中、手ぶらで歩いている長身の米兵が文字通り飛び抜けて見えた。

最近、東京のどこへ行っても人が増えた。進駐軍だけではなく、仕事や住みかをなくした日本人が大勢上京してきている。地方に疎開《そかい》していた東京の人間も戻ってきた――そして、戦地にいた人たちも。

「やあ、恵子ちゃん」

呼びかけに振り向くと、俊平が映画館の角で煙草《たばこ》を吹かしていた。恵子を待っていたにしては出入口から離れすぎている。立ち去ろうとしてやめたように思えた。

顔を合わせるのは三年ぶりだ。俊平は私立大学を卒業する直前、召集されてフィリピンの戦場へ送られた。代官山の駅まで見送ったのは養父母の杉岡夫妻と恵子たちの一家だけだった。敗戦の気配も濃い頃、一銭五厘《りん》の赤紙で戦地へ向かう者などもう珍しくもなく、華々しい壮行会も行われなかった。

侘《わび》しい門出でも、学生服にたすきを掛けた俊平は輝いて見えた。今は肉の落ちた頬に皺《しわ》が刻まれているが、太眉《ふとまゆ》のくっきりとした顔立ちは以前のままだ。

「お帰りなさい……ご無事で何よりです」

折目正しく頭を下げると、俊平は眩《まぶ》しそうに目を細めた。

「ずいぶん大人っぽくなったもんだなあ」

恵子は胸を張る。誇らしい気持ちだった。

「もう十九ですもの」

「知ってるよ。背だって高くなった。三年前はこれぐらいしかなかったのに」

煙草を持った左手を腰のあたりでひらひら振る。恵子の肩がぎくりと震えた。左手の薬指と小指は根元から欠けていた。

「そんなに小さくありません。犬じゃあるまいし」

唇を尖《とが》らせて、軽口に調子を合わせる。女学生だった三年前なら、こんな風に答えるだろうと思った。

「今、どこに住んでいるの」

なによりそれを知りたかった。俊平は日本の降伏を知らずに半年以上もフィリピンの山中に潜伏し続け、怪我《けが》による敗血症で行き倒れていたところを捕虜になったという。今年の春ようやく帰国して、伊豆の療養所にいる妹のハナと、その近所に疎開《そかい》している養父母に顔を見せた後、東京へ向かったところまではハナからの手紙で知っていた。

しかし、いつまで経《た》っても俊平は代官山に現れなかった。

彼の養父母は一時的に疎開しただけで、アパートの部屋には家財がそっくり残っている。敗戦の混乱でアパートの管理団体は解散してしまったが、杉岡家の住まいであることに変わりはなかった。

「うちでもいつ来るかと話し合っていたのよ。鍵《かぎ》を預かっているし」

杉岡家から頼まれて、たまに空気の入れ替えや簡単な掃除をしていた。俊平は鍵を持っていないので、竹井家へ取りに来るはずだと手紙で知らされていた。

「せめて顔ぐらい出してくれればよかったのに。みんな心配していたんだから」

つい責めるような調子になる。誰よりも心配していたのは恵子だったが、そこまでは口に出せなかった。

「悪かったよ。その……」

俊平は苦笑いで眉の上をこすった。

「先に帰国した仲間のところに顔を出したら、店を始めたから手伝ってくれって頼み込まれちまってさ。今はそいつの家の二階で寝起きしてる。帰ろうとは思っていたけど、色々と忙しかったんだ」

「いつ頃、帰ってくる予定？」

「そのうち帰る。約束するよ」

断ち切るような短い答えだった。代官山に近い渋谷で映画を観る暇はあるのだから、忙しいというのは言い訳だろう。逃げるように映画館を出たことも引っかかる。知り合いと顔を合わせたくない理由でもあるのだろうか。

「お店って、どこにあるの」

「吉祥寺《きちじょうじ》の駅前。屋台みたいな小さな店だけど、なかなか繁盛《はんじょう》してるんだぜ」

恵子は不安にかられた。吉祥寺の駅前にも渋谷と同じようにヤミ市が立っていると聞く。ヤミ市には配給では手に入らないはずの食料、米軍から横流しされた物資、得体の知れない日用品、ありとあらゆるものが法外な価格で売られている。今時ヤミ屋から何も買わずに生きている日本人などいないが、いつ警察に摘発されてもおかしくない危険な商売だった。

「なにを売るお店？」

「漬け物だよ。近所の農家から仕入れたのを売りさばいてるんだ。居酒屋や定食屋にも卸したりしてね」

手伝いを雇うほど繁盛する商売とは思えなかった。きな臭さを感じずにはいられなかった。

「俺が東京に戻ったこと、ハナの奴《やつ》から教わったのかい」

「ええ……ずっと手紙をやりとりしているから」

十年前に結核にかかって以来、杉岡ハナは療養生活を続けていた。一度はほとんど完治しかけたものの、アメリカとの全面戦争が始まり、食糧事情が悪くなるにつれて床を離れられない日が増えてしまった。

「でも、最近は手紙の返事が遅くって。ハナちゃん、どんな様子ですか」

俊平の口元から初めて笑みが消えた。眉を寄せて煙草をもみ消す。

そこへ大人ものの汚れたランニングシャツを着た少年が駆け寄ってきて、錆《さ》びた鉄《てつ》鍋《なべ》を突き出してきた。中には煙草の吸い殻が詰まっている。捨てられた吸い殻をほぐし、巻き直して売っているのだ。

無言で吸い殻を鍋に放りこんだ俊平は、さらに封を切ったばかりらしいラッキーストライクも箱ごと加えた。赤丸の印刷された箱と、俊平の顔を不思議そうに何度も見比べてから、少年は深々と礼をして映画館の裏手へ消えていった。

「……ハナは冬まで保《も》たないってさ」

恵子は言葉を失った。病状が悪いことは察していたが、そこまでとは思っていなかった。恵子にとっては何でも相談できる姉のような存在だった。

「栄養が足りないから、もう手遅れだって医者に言われたよ。だから色々送ってやってるんだ。いいものを食わせてやれば、奇跡的にってこともあるしね」

本人も信じていない口ぶりだった。あちこちで買いこんだ珍しい食べ物を、妹に渡していた昔の俊平が頭をよぎった。あれはハナが代官山で暮らしていた最後の冬——十年前のクリスマスだった。勝手気ままに振る舞っているようでいて、周囲にはいつも優しかった。

あの時、恵子も形のないプレゼントを俊平から受け取っている。竹井家からものを盗んだ疑いをかけられたのに、その罪を背負って庇《かば》おうとしてくれた。それからずっと、恵子は俊平の笑顔をひっそりと胸に抱えて生きてきた。

気持ちを伝えることはできなかった。子供の自分は相手にされないと躊躇《ためら》っているうちに、アメリカとの戦争が激しくなって俊平は出征してしまった。もう二度と会えない、みんな日本のために死ぬのだからと諦《あきら》めていた。

その日本が降伏し、俊平がフィリピンで捕虜になったと知った時は、喜びと同時に後ろめたさも感じた。この大戦で気の遠くなるほど多くの命が失われ、今も苦しんでいる人たちが大勢いる。自分も家族も無事のまま敗戦を迎えて、心を寄せていた相手が帰ってくる——できすぎかもしれない。そう思っていたら、俊平はなかなか帰ってこなかった。

「そういえば、コーンビーフ食べるかい。アメリカ製の」

「えっ」

いきなり変わった話題に戸惑った。俊平は得意げに笑っている。

「この前、取引先の料理屋が代金がわりにって箱ごとくれたんだ。最近、俺は肉があまり好きじゃなくてね。ハナの奴にも送ってやったけれど、まだかなり余ってる……どうだい」

今月に入ってからまだ肉の類《たぐい》を一度も口にしていない。コーンビーフなど戦争の前に食べたきりだ。聞いているだけで唾《つば》が湧《わ》いてきた。

恵子は俊平と渋谷から井《い》の頭線《かしら》で吉祥寺に向かった。肉の缶詰につられたわけではない。俊平がどこで何をしているか、本当のところが知りたかったのだ。

「竹井のおじさんとおばさんは元気？」

俊平が尋ねる。二人は長い座席に並んで腰かけていた。郊外に向かう電車のせいか、満員というほど混んではいない。

「元気よ。戦争が終わってしばらくの間は、少し苦労したけれど」

父の勤めていた機械製造会社はドイツに本社があったせいか、進駐軍に事実上倒産させられてしまった。解雇された父は翻訳のアルバイトをして、母も知り合いの雑貨店を手伝って家計を助けていた。今年やっと父の再就職が決まり、暮らし向きも楽になった。

「アパートは、何ともないんだね」

「ええ。大きな空襲の時に一発か二発、焼夷弾《しょういだん》が落ちたぐらい。焼け出された近所の人たちが大勢逃げこんできたそうよ。でも、わたしは学徒動員で群馬の工場に行かされていたから、直接見てはいなくて……」

恵子は口をつぐむ。相変わらず俊平は笑みを浮かべていたが、顔からは血の気が引いている。今の話に驚くようなところがあっただろうか。

「俊平さん？」

呼びかけると、我に返ったようにこちらを見た。

「まあ、無事ならよかった。今、恵子ちゃんはどうしてるの。女学校は出たんだろう」

「一度就職したけれど、すぐ倒産してしまって。働きに出ている母さんの代わりに、わたしが家のことをしていたの。今はうちも落ち着いたから、これからのことを考えているところ……父さんたちは、女子専門学校に入ったらどうかって言っているわ」

女子専門学校のいくつかは、近いうちに女子大学になるそうだ。高等教育には心を惹《ひ》かれるが、大学に行ったところで何をしたいという希望があるわけでもなかった。

「見合いの話は来ないのかい」

「まさか。一度もないわ、そんな話」

むきになって否定する。どうしてそんなことを尋ねるのだろう。恵子に結婚するような相手がいるか、気になるのだろうか。俊平が白い歯を見せた。

「まあ、恵子ちゃんにはまだ早いかもしれないな。一人で映画を観に行って、一人で拍手してるぐらいだから……後ろでぱちぱちやってたの、恵子ちゃんだろう」

「俊平さんだって叩いていたじゃない。あんな風に、わざわざ立ち上がったりして」

「まあね」

照れ隠しのように大きく伸びをして、不意に表情を改めた。

「気の毒だと思ったんだよ。特に女の方が。あんなひねくれた男に振り回されっぱなしでさ。誰かが拍手ぐらいしてやらないと」

「お客に拍手を求めるなんて、あんな映画初めてだわ……でも、わたしたちのおかげで奇跡が起きたのよね、あの映画の中では」

恋人たちが拍手を求めた後、誰もいない野外音楽堂からオーケストラの演奏が聞こえてくる。それで主人公たちも希望を取り戻すという結末だった。

「あの連中の苦労って、結局はまともな家がないってことだよな」

窓の外を眺めながら、俊平がしみじみとつぶやいた。渋谷駅から少し離れると、安《やす》普《ぶ》請《しん》の平屋と芋畑ばかりが広がっている。

確かに主人公たちは結婚の約束をしているのに、引っ越し先がないせいで一緒になれないでいた。どちらも親戚《しんせき》や友人の家に居候《いそうろう》していて、お互いを自宅に招待することすら難しい。

映画の中だけの話ではなかった。今の東京には家が足りない。人は増えているけれど、建物の多くは戦争中に焼かれたままだ。コンクリート造の代官山アパートに住んでいる恵子は幸運だ。まともな家のない人は大勢いる。

「あの男が住んでる部屋、ひどいもんだった」

「そうね……」

にわか雨で行きどころがなく、仕方なく男は自分のアパートに女を招く。小汚く散らかっている上に雨漏りがして、壁には下品な雑誌の切り抜きが貼《は》ってあった。

「あんな部屋、わたしだったら嫌だわ」

急に気恥ずかしくなった。打ちひしがれて自棄《やけ》になった男が、そのアパートで恋人に無理やり抱きつく場面を思い出したのだ。もちろん、きれいな部屋でなら何をされてもいいわけではない——はしたないことを言ったつもりはないが、訂正するとかえって誤解されそうな気がする。

「断っておくけど、俺のいる部屋はあそこまでひどくないぜ」

突然、俊平が弁解がましく言った。

「あまり心配しなくても大丈夫」

「……どういう意味？」

恵子が首をかしげると、俊平は目を瞬《しばた》かせた。

「どうって、これからうちに来るんだろう。コーンビーフの缶詰は俺の部屋にあるんだから」

「えっ」

恵子は思わず声を上げた。

二人は終点の吉祥寺駅で降り、省線《しょうせん》の線路を渡った。

形も大きさも違うバラックがびっしりと軒を連ねている。建物疎開で更地になった土地に、よそから来た業者たちが勝手にヤミ市を開いてしまったという。この中に俊平が手伝っている漬け物屋もあるはずだ。入り口に近い中華料理屋から、脂《あぶら》っこい匂《にお》いが漂ってくる。

ヤミ市の前を通りすぎて、俊平は線路沿いに歩いていく。恵子は無言でその背中を追った。うちに来るんだろう、という言葉がまだ頭の中をぐるぐる回っていた。

コーンビーフを持っているのは俊平なのだから、彼の部屋に置いてあるのは当たり前だ。独身男性の住まいを一人で訪ねるのは生まれて初めてだった。

まさかあの映画のように俊平が理性を失うことはない――と一応は信じている。肉の缶詰につられてのこのこ付いてくるような小娘を、異性として意識するとも思えない。ただ、自分が近所の幼馴染《おさななじ》みとしてしか見られていないとしたら、それもそれで切なかった。

「さっきの映画、なんで恵子ちゃんは拍手したんだい」

俊平が振り向いて尋ねる。恵子が追いつくのを待って、並んで歩き出した。

「他の客は誰も拍手してなかったじゃないか。俺以外に拍手していたのは恵子ちゃんだけだぜ」

「だって応援したくなるでしょう。あの恋人たちみたいに、みんな何かしら苦労しているもの。共感して拍手する人はきっと他にもいるはずよ」

「いないさ。ここ何日か、あの映画館で観てるけど……」

恵子は目を丸くした。

「俊平さん、毎日観ているの？　あの映画」

つい口を滑らせたらしい。ばつが悪そうに耳のあたりをかいた。

「まあ、何というか……主人公の男、復員兵だったろう。だからさ」

そういえばそうだった。戦争で恋人以外のものをすべてなくし、希望が持てない、やりきれないと男の方は嘆き続けていた。俊平も戦地から帰ってきた人だ。

「他人事《ひとごと》とは思えなかったの？」

「いや」

意外にも俊平はあっさりと首を振る。

「あんな風にひねくれた方がいいかなと思ったからさ。復員した奴がどう振る舞えば人間らしく見えるか、参考になりそうだろう」

さばさばした乾いた口調に、恵子の鳩尾《みぞおち》が冷たくなった。まるで今の自分は人間ではない、と言っているようだ。俊平は昔のままだと思っていたが、本人にとっては違うのだろうか。

「俊平さんは……」

質問を最後まで口にする前に、乗客の詰まった電車が線路の上を通りすぎていった。

俊平は通りの先を指差す。

「……あそこだ」

古びた二階家が建っていた。庭の手入れは行き届いていて、低い垣根からコスモスの花が顔を出している。男二人で住むには似つかわしくない。きっと俊平の戦友には家族がいるのだろう。

「二階に俺が居候してるんだ。ちょっと待っててくれよ」

木戸から玄関へ向かう俊平を、恵子は道路で見ていた。隣家の庭で浴衣《ゆかた》にたすき掛けの老人が色の悪い人参を引き抜いている。庭に畑を作って食料の足しにするのは、どこの家でもやっていることだった。

「こんにちは」

返事はなかった。耳が遠いのかもしれない。俊平が困り顔で木戸へ戻ってくる。

「誰もいない……弱ったな。今日は家にいるはずなんだが。俺は鍵を持っていないし」

恵子も同じように困惑していたが、同時に拍子抜けもしていた。鍵を持っていないなら、二人きりになる心配など元からなかったわけだ。

「西田《にしだ》さん、奥さんと出かけましたよ」

隣の老人が大声で話しかけてきた。家主の名前は西田で、結婚しているらしい。恵子たちは顔を見合わせた。

「西田の行き先は分かりますか」

俊平が尋ねると、老人は記憶を絞り出すように空を仰いだ。

「井の頭公園へ散歩しに行く、って言ってましたかねえ」

通りを少し後戻りして線路を渡り、坂を下って公園に入った。

何年か前、恵子は一度だけ家族でここに連れてきてもらったことがある。大きな池を囲むように杉の木が生えていたが、今は切株だけになっていた。木材不足で伐採されたのかもしれない。それでも憩《いこ》いの場であることに変わりはなく、多くの観光客でにぎわっていた。

一緒に池に沿って歩いていく。戦友の姿はないようだった。

「少し、休まないか」

しばらく経ったところで、突然俊平が言った。それほど疲れてはいなかったが、池のほとりにあるベンチに腰を下ろす。近くの売店から俊平が瓶入りのサイダーを買ってきてくれた。

「……ありがとう」

礼を言って受け取り、並んで池を眺めた。午後の日ざしを浴びた池の水面が、柔らかな光を返してくる。遊歩道を行き交う人々が、恵子たちの方をいちいち見ている気がする。

(恋人同士だと思われるかしら)

動悸《どうき》が速くなるのを抑えきれなかった。たぶん俊平はそんなことを意識していない。もっと大事なことを話すために、こうして座っているはずだ。

「杉岡さん?」

背後からのしゃがれた声に、二人は同時に振り返る。恵子より一回りほど年上の、背の高い女が立っていた。目に染《し》みるような黄色いワンピースは、アメリカからの支援物資のようで、肩や首回りがぶかぶかだ。ただ、臨月らしい膨らんだ胴回りにはぴったりだった。

「さっきうちへ帰ったんですが、誰もいなくって。隣のおじいさんに井の頭公園にいるって聞いたから、捜しに来たんです」

俊平が説明すると、済まなそうに顔をしかめた。

「面倒かけてごめんなさいね。今日は外に出るつもりはなかったんだけど、毎日体を動かさないとかえってお腹《なか》の子に障《さわ》るって言うでしょう。西田もうるさいもんだから、せめてここのお池を一回りしてきたところなの」

言葉の歯切れがいい。西田という人の妻のようだ。

「西田は来なかったんですか」

「そろそろ杉岡さんが戻る頃だからって先に帰りましたよ。途中で会わなかったのね。あの人、煙草屋にでも寄ったんだわ」

それから小首をかしげて恵子と目を合わせ、愛想よく笑いかけてきた。

「こちらのお嬢さんは？」

「竹井恵子さん。昔から近所に住んでいる娘さんです。代官山のアパートで」

恵子はお辞儀をする。近所に住んでいる娘、という素っ気ない説明が耳に障った。

その通りだとは思うけれど。

「コーンビーフの缶詰を、少し持たせて……」

「ああ良かった。杉岡さん、やっと代官山まで行けたのねえ」

ほっとしたように胸元を押さえると、恵子にうきうきと語りかけてきた。

「杉岡さん、ここんとこ毎日、実家のアパートの様子を見てくる、ご近所にも挨拶《あいさつ》してくるって出かけていっては、渋谷で映画だけ観て帰ってきてたんですよ。どうしても足が止まるとか何とか……私たちずうっと言ってたんです。何があるんだか知らないけど、男らしく覚悟を決めたらどうですかって」

思わず俊平の顔を見上げた。だから毎日渋谷で映画を観ていたのか——彼は肯定も否定もせず、今までと変わらない薄笑いを浮かべている。ただ、三本しかない左手の指が、震えるほど強くサイダーの瓶を握りしめていた。

「西田は俺が配属された中隊にいた一等兵だった」

西田家へ戻る途中、俊平が口を開いた。西田の妻は少し休んでから帰ると公園に残った。気を遣ってくれたのかもしれない。

「俺は兵長。元大学生の兵長なんて、階級が下の連中にも馬鹿《ばか》にされるもんだけど、西田だけはずっと親切でね……俺よりずっと早く捕虜になったから先に帰国して、あの奥さんとヤミ屋を始めたんだ。もともと夫婦で八百屋をやってたから、客商売に慣れてるんだよ」

恵子が相づちを打つ間もなく、俊平は明るく話し続ける。西田の妻が言ったことには触れない——触れさせまいとしているようだった。

「ところが奥さんが身重になって、人手が足りなくなっちまった。仕入れや集金で金の出入りも激しいから、信用できる奴じゃないと雇えない。そこへ俺がひょっこり顔を見せたってわけだよ」

踏み切りを渡って西田家に着く。畑仕事は終わったのか、隣家の老人の姿は見えなかった。庭に面した掃き出し窓が開いていて、丸首のシャツを着た小太りの男が縁側で煙草を吸っていた。木戸の開く音で俊平に気付く。

「お帰りなさい、杉岡さん」

髭《ひげ》を生やした丸顔に人懐《ひとなつ》っこい笑みを浮かべた。たぶん三十の坂を越えている。

「ただいま……この人が家主の西田。この人が俺の幼馴染みで、代官山アパートに住んでる竹井恵子さん」

それぞれを紹介する。初めまして、と恵子が頭を下げると、西田は立ち上がって丁寧に挨拶し、くるりと家の中へと向き直った。

「それじゃ、お茶でも淹《い》れましょうか」

「いや、俺がやるよ。この人とは二階で話すから」

一瞬、西田が怪訝《けげん》そうな顔で、恵子をちらっと見た。

「ああ、はい。分かりました」

「恵子ちゃんはちょっと待っててくれないか。部屋を片付けてくる」

庭に靴を脱いだ俊平は、縁側の突き当たりにある階段を駆け上がっていった。初対面の二人だけが後に残った。

「立ち話もなんですから、そこの座敷でお待ちに……あ、こりゃ無理か。ハハハ」

西田は屈託なく笑った。縁側越しに奥の和室を覗《のぞ》いた恵子は立ちすくんだ。畳の上にびっしりと一升瓶が並んでいる。どの瓶にも栓の近くまで液体が詰まっていた。

「中身は焼酎《しょうちゅう》です。知り合いの農家に作ってもらって、それをこの近くの居酒屋や料理屋に売っています。今朝、仕入れたばっかりでね」

唖然《あぜん》とする眺めだった。こんなに大量の焼酎を酒屋の店先でも目にしたことはない。もちろん、酒の密造は法律で禁じられている。もし警察に見つかったら品物を没収されるだけでは済まない。逮捕されてしまう。

「……漬け物屋さんと伺いましたけれど」

「はじめは漬け物屋でしたし、今も扱ってますよ。しかし今の主力商品はこっちですわ。うちは下手な混ぜ物をしないので、売り上げも上々、評判も上々、万々歳です」

にこにこ顔で西田は両手を挙げた。危険なヤミ商売をする戦地帰りの人間は多いと聞いていたが、実際この目で見るのは初めてだった。西田は好人物に見える――それだけに曇りのない明るさがかえって不安を誘った。こんな仕事を手伝っていて、俊平は大丈夫だろうか。

「ところで、杉岡さんとは親しいんですか？」

「……昔から近所に住んでいます」

少し迷ってから、俊平の説明をそのまま借りた。自分はともかく、俊平の方がどう思っているのかは分からない。

「結婚の約束をしていたりは……」

「いえっ、していません」

かっと頰が熱くなる。その様子で察したのか、煙草を消しながらうなずいた。

「いえね、あの方が知り合いをここに連れてきて、自分の部屋にまで上げる、なんてことは初めてなんですよ。戦地で代官山のアパートのことをよく話されていたのも、あなたのようなお嬢さんを待たせていたせいかと思いまして」

「どういうことを話していたんですか」

恵子は尋ねる。俊平の口からはまったく聞いていなかった。

「他愛《たわい》もないことですよ。近所の野良《のら》猫をみんなで面倒見ていたとか、秋には銀杏《いちょう》の並木がきれいだったとか……ああ、そうそう」

西田は奥の座敷へ引っこみ、畳まれた紙を手に戻ってきた。端がぼろぼろで変色したそれを縁側に広げる。鉛筆描きのスケッチだった。ゆるやかな斜面に草葺《くさぶ》きの小屋らしいものが並んでいる。知らない土地なのに見覚えがあるような、不思議な光景だった。

「杉岡兵長が描いたんです。なかなか上手《うま》いもんだ。ここが我々の駐屯していた村の景色です。小さな島にあったんですが、とても居心地がよかった」

西田は懐かしそうに遠くを眺めた。軍にいた頃の話になったせいか、急に呼び方が変わった。

「杉岡兵長は自分の住んでいたアパートに眺めが似ている、と喜んでいましたねえ」

建物の造りはもちろん違うが、地形にはなんとなく似通ったものがある。器用だとは知っていたが、俊平が絵まで描くとは知らなかった。

「住民たちはほとんど山奥に逃げちまって、十二、三の男の子一人しかいなかった。牛みたいにでかい病気の白犬を飼ってまして、そいつを置いていけないからって残ったそうです。天候のことだとか、芋畑がある場所だとかを教えてくれて、私たちもみんな可愛《かわい》がっていたものです。ろくに食い物がないことを除けば、楽園みたいなところでした」

村のスケッチを眺める恵子の胸に違和感がよぎった。この家々にも芋畑にも現地人の持ち主がいるはずだ。その人たちはどうなったのだろう。

「特に杉岡兵長によく懐いていました。兵長の方もそりゃあ優しくしていたもんです。一緒に犬の面倒まで見たりしてね。その子から現地の言葉を教わって、まるで家族みたいに過ごしてましたよ」

俊平ならそうするだろう。どこか代官山アパートを思わせる村で、犬の世話をする少年に、病気の妹と住んでいた自分を重ねていたのかもしれない。

「ですが、レイテ島に米軍が上陸して何もかも変わりました。敵の大空襲が始まって、もともと山奥にいたゲリラどもも頻繁に襲ってくるようになった。私たちは隣の島に移動して、敵基地を叩く作戦に参加することになりました。明け方に発動艇で洋上に出たところを敵の魚雷艇にやられて、全員海に投げ出されちまった。

破片を腹に食らって溺《おぼ》れかかっていた私を抱えて、元の島まで泳いでくれたのが杉岡兵長でした……あの方のおかげで、私は命を拾ったんです」

西田の声が湿る。帰国した今も、年下の俊平に敬語を使っている理由が分かった。命の恩人だったのだ。

「その絵、まだ持ってたのか」

いつのまにか一階に降りていた俊平が、呆《あき》れ顔でスケッチを見下ろす。

「いい加減捨てちまえばいいのに」

「捨てませんよ。兵長殿の命令でも、これぱっかりは聞けません」

西田はきっぱり断った。何度も繰り返されてきたやりとりのようだった。

「私にとっては一生の思い出なんだ。死ぬまで大事に取っておきますよ」

二階の部屋はきれいに片付いていた。四角に畳まれた布団《ふとん》と着替えが部屋の隅に積まれている。畳にも髪の毛一本落ちていない。旅館の空き部屋にでも紛れこんだ気分だった。部屋の中心に正座する恵子の背筋が自然と伸びた。湯呑みの載った盆をその膝先《ひざさき》に置いて、俊平は窓際《まどぎわ》に片膝を立てて座った。

夕方の風が入りこんでくる。窓からは線路と公園の緑が見えた。なんとなく、代官山のアパートの一室にいるような気分だ。

「恵子ちゃん、俺がどう見える？」

不意に俊平が口を開いた。片膝に預けた左手から、畳に黒い影が伸びている。影の方も指が二本欠けていた。

「どうって……」

「昔と変わらないかい」

「変わらないわ」

彼は軽く目を瞠《みは》る。恵子が即答したことに面食らったようだった。

「三年前に出て行った時と同じ。何も変わっていません」

もう一度、力強く繰り返した。俊平の顔からするりと表情が抜け落ちて、人の形をした置物のようになった。周りに誰もいない時、きっとこの人はこんな顔で過ごしていると恵子は思った。

「さっき、俺たちが駐屯していた村のこと、西田が話していただろう」

「……ええ」

恵子はうなずく。

「あいつは他の負傷兵と一緒に、すぐによそへ運ばれていったから、あの島で何があったのか詳しく知らない……知っている人間は、もう俺一人だ。他はみんな死んでしまった」

心臓がどきりと鳴った。映画館で再会してからずっと、戦地でのことを恵子は一言も尋ねていない。俊平が話さない限り、自分からは触れないことに決めていた。

数年前、大陸の戦線から戻ったという若い男が、突然アパートを訪ねてきたことがある。小学生だった恵子が慰問袋に入れた手紙を大事そうに持っていた。白猫のユキのことばかり書かれた手紙だ。それを繰り返し読んで慰められた、生きて戻ったら真っ先にここへ来ようと決めていたのだという。

彼は老人のように背中を丸めて、階段で居眠りをする白猫の前に何時間もしゃがみこんでいた。どこでどんな風に戦ったのか、最後まで一言も話さなかった。尋ねない方がいいと恵子は直感した。俊平もあの時の男と同じ目つきをしている。

「米軍がレイテ島に上陸してから、俺たちのいた島ではゲリラががぜん手強《てごわ》くなった。連中は米軍から武器や弾薬を補給されていたんだ。逆に俺たちはただでさえ少ない補給が断たれて、苦しくなっていった。とにかく食糧の調達に行くと待ち伏せされる、拠点に斬《き》り込むと逃げられる……こちらの動きはすっかり読まれていた。

俺の指も連中の山刀で斬られたのが原因だ。傷は深くなかったけれど、ろくに手当てもできないから腐っちまって、麻酔なしで切って灼《や》くしかなかった」

淡々と説明しながら、顔の前で左手を広げる。恵子は目を逸《そ》らさなかった。

「みんな骨と皮だけになって、病気や怪我も抱えていた。村にいた子供はそんな俺たちに尽くしてくれた。そうこうするうちに、俺たちのいた島にも米軍が上陸して、海岸の拠点を叩くために残存兵力を集結することになった。おそらく村を出れば生涯会うこともない。俺たちは手を取り合って別れを惜しんだよ」

俊平の声は低く、抑揚がなかった。遠い星の話でもしているようだった。

「出発前に少しでも栄養を取らないと行軍もできない。俺は食糧探しのために村の外へ出た。すると、村の子供が見慣れない現地人の男と話していた……立ち聞きして愕《がく》然《ぜん》としたよ。男はゲリラの伝令で、その子はスパイだった。親切顔で俺たちから引き出した情報を全部流していた」

開いた窓の下から木戸の開く音がした。西田の妻が帰ってきたのだ。西田が何か言い、庭から二人分の笑い声が立ちのぼってきた。

「どうして、そんなことを」

「事情は分からないけれど、日本軍に家族を殺されていたらしい。あいつらもお父さんたちと同じ目に遭わせてやるんだと意気込んでいたよ。俺たちを騙《だま》されやすい馬鹿ばかりだと嘲笑《あざわら》ってもいた。少し怪我の手当てをしたぐらいで、すぐ情にほだされると」

俊平は膝の上で両方の拳《こぶし》を握っていた。引きつれたような指の痕跡《こんせき》が恵子の目を射た。

「その時、二人が俺たちに気付いて撃ち合いになった。伝令は死んで、その子は逃げた。銃声を聞きつけた仲間と一緒に、殺すつもりで後を追ったよ。一日中、山狩りをして……その子は、見つからなかった。そこで村へ戻って、みんなで犬を殺した。スパイの子供が飼っていた大きな犬だ。広場の真ん中で代わる代わる山刀で斬りつけた……その後、当たり前みたいに肉を焼いて食った……それ以来、肉は苦手なんだ」

俊平が言葉を選んでいることは恵子にも分かった。こうして語っているのは、きっと経験したことのごく一部なのだ。

「出発する前、俺は家々に火を放った。意味なんかない。ただの腹いせだ。乾いた草で葺いた小屋だったから、凄《すさ》まじい火柱が上がった。燃えている村を眺めているうちに、俺はふっと代官山アパートを思い出した。たぶん地形が似ていたせいだ……日本の懐かしい自分のうちを、今この手で燃やしている気がした」

ぶるっと肩を震わせる。代官山アパートに焼夷弾が落ちた話をした時、俊平は顔色を変えていた。その光景を思い出していたのだろうか。

「その子は、どうなったんですか」

「……さあ」

しばらく間を置いてから、俊平は答えた。

「分からない」

考えたくない、と言っているように聞こえた。俊平たちから逃げきったなら、その子は今頃村へ帰っているかもしれない。家族も大事な飼い犬もいない、焼け野原になった村へ。

「騙された俺たちは悲惨な目にあったが、あの子からすれば当然の報いだったろう。あの島にいた人も、家も、食い物も、俺たちが我が物顔で使っていた……草木一本、俺たちのもんじゃなかったのに……まあ、アメリカのもんでもなかったが」

かすかに鼻を鳴らした。久しぶりに俊平らしい皮肉を聞いた気がする。

「その後、俺たちは米軍に追われ、戦いながら……飢えながら山の中を逃げ回った。ありとあらゆる味方の死に様を見たよ。俺も大勢の敵を倒した。けれども毎晩夢に見るのは、自分が……犬を殺した時、村を焼いた時のことだ。アメリカとの戦争は、あの時だけは関係がなかった。ただ殺して、壊して、燃やすことしか頭になかった……

あの時の俺はそれまでの俺とは違っていた。あれっきり、元の俺に戻っていない気がする」

夕日が俊平の背中に隠れていく。逆光で彼の表情が分からなくなった。

「俺には会いたくない人間が二人いた。一人は妹のハナ。それに君だ。他の誰よりも俺を知っている、大事な人たちだ。ハナは寝たきりだったから、話す機会もほとんどなかった。恐ろしいのは君の方だ。代官山のアパートに行こうとして、毎日引き返していたのも、顔を合わせる勇気がなかったからだよ」

不意に俊平は立ち上がる。夕闇《ゆうやみ》の迫る部屋の中で、その姿は黒々とした影のようだった。

「恵子ちゃん、俺がどう見える？」

囁《ささや》き声で、同じ質問をもう一度繰り返した。

「やっぱり、昔と変わらない俺に見えるか」

恵子は音もなく立ち上がる。大事な人、という告白には気付いていたが、今はどうでもよかった。本人も意識していないだろう。誰かを大事に思う気持ちが、俊平の中にあるだけで十分だった。

「……変わらないわ」

答えの方も同じだった。

「わたしが子供の頃から、何も変わらない」

ハンドバッグを開けて取り出したものを俊平の左手に載せる。古びた真鍮《しんちゅう》の鍵だった。

「俊平さんのおうちの鍵よ……今日でなくてもいい。でも、いつか代官山に帰ってきて。必ず帰ってきて。わたしが、待っているから」

長い時間、俊平は鍵を見つめたまま動かなかった。恵子がこの鍵を持ち歩いているのは、そうしていれば彼に会いはぐれることはないと思ったからだ。その意味にまで気付いたのかどうか――やがて俊平は三本の指でしっかりと鍵を握った。

代官山アパートに帰り着いた時、夜空には丸い月が昇っていた。

恵子たちが住む三階の部屋には明かりが点いていなかった。父は仕事が遅くなると言っていたし、母も従妹《いとこ》の家を訪ねる予定だと聞いている。もうすぐ帰ってくるはずだ。

階段を上がりながら、コーンビーフの缶詰を貰《もら》い忘れたことに気付いた。さほど残念だとも思わない。吉祥寺の駅で別れる時、俊平はまた会おうと言ってくれた。その方がずっと大事だ。

三階の玄関前に座っていた白猫が、恵子を振り返って不満げに鳴いた。外に締め出されていたようだ。

「ただいま、ユキ。遅くなってごめん」

急いでハンドバッグの中を探る。野良猫だったユキは、数年前から竹井家に飼われている。アパートの規則もすっかり緩んで、どこの家でも気兼ねなくペットを飼うようになっている。ユキも大事な家族の一員だ。だいぶ年を取ってきたけれど、今も元気に部屋のネズミを捕ってくれる。

恵子は鍵を取り出して、鍵穴に差しこんだ。

「……あら？」

鍵が回らない。何度やっても同じだった。うっかり曲げてしまったのだろうか。目を近づけて見て、やっと分かった。これは杉岡家の鍵だ。さっき俊平に渡した方がこの部屋の鍵だった。目印がないので取り違えてしまったのだ。

仕方なく階段を逆戻りした。次に俊平と会った時、取り替えてもらおう——いや、こちらから届けた方がいいかもしれない。まずは取り違えたことを知らせよう。速達か、電報で。連絡を取ったり、会うことを考えられるのはしみじみと嬉しい。

建物の入り口の前でしゃがみこんだ。ここにいれば真っ先に父や母に会える。後を付いてきたユキも隣に座った。

夜風が青い銀杏の葉を揺らしている。気分のいい夜だ。アパートに戻ってくるとほっとする。ここが恵子の生まれ育ったわが家だ。前よりも古くなり、汚れてしまったけれど、世界大戦も立派にくぐり抜けた。

猫の背中を撫でながら、恵子は目を閉じた。いつ帰ってくるのか、それは俊平自身が考えればいいことだ。明日か、来月か、来年か——早い方が嬉しいけれど、遅くても構わない。今までも、これからもずっと、恵子はここにいる。このアパートと同じように。

遠くから足音が近づいてくる。知っている人だと思う。父のようでも、母のようでも、別の誰かのようでもあった。じっと耳をそばだてる。

足音は大きくなり、やがて恵子のすぐそばで止まる。

目を閉じたまま、相手の声を待った。

銀杏《いちょう》の下で　一九五八

ばちばちばち、とけたたましい破裂音が開いた窓の外で轟《とどろ》く。ちゃぶ台の前にいた竹井八重は、肩と背筋を同時に震わせた。伸び上がって窓の下を覗《のぞ》くと、アパートの敷地の中にある通りで、春物の青いチョッキを着た男の子が飛び上がって喜んでいる。孫の浩太《こうた》だった。爆竹遊びをしているようだ。少し離れたところで、色違いを着たもう一人の孫の進《すすむ》が耳を塞《ふさ》いでしゃがみこんでいる。

「大きな音を出しちゃ駄目って言ったでしょう」

立ち上がった娘の恵子が鋭い声で注意する。はーい、という返事を聞いてから窓を閉めた。ガラスに桜の花びらが一枚貼《は》りついている。近くにある桜の木はいつもより早く満開になっていた。

「変な遊びを覚えちゃって……ごめんなさい、お母さん。びっくりさせて」

大丈夫、と八重は首を振った。まだ心臓がどきどきしている。元気なのはいいけれど、近所迷惑にならないようにしないとね、と言いたかったが、口からうまく言葉が出なかった。六十近くになっても、口の重さは変わらない。

「ええと、何の話だったかしら」

そう言いながら、恵子はちゃぶ台の前に戻る。後ろで高く髪を結び、青いワンピースを着こなした姿は、二人子供を産んだとは思えなかった。娘時代と同じように眩《まぶ》しく若々しい。戦争前と同じ着物姿の自分が、年齢以上に老《ふ》けている気がする。

「……伊豆から戻る日の話」

と、八重は指摘する。恵子は好物の甘栗《あまぐり》を剝《む》きながら大きくうなずいた。そのしぐさだけは子供の頃を思わせる。

「そうだったわ。お義母《かあ》さんたちのものを片付けるのに、三、四日はかかると思うのよ。ほとんど家一軒分でしょう。先に行った俊平さんが、どれぐらい頑張っているかによるけれど」

恵子が杉岡俊平と結婚してから九年経《た》つ。戦地から戻った俊平が代官山アパートに落ち着くまで時間はかかったが、恵子との結婚を申し込みに来たのはそれからすぐだった。今は八重たちの住む棟の向かいにある、杉岡家の部屋に二人の子供と四人で住んでいる。

俊平の両親である杉岡夫妻は同居していなかった。疎開《そかい》先の伊豆で娘のハナを亡《な》くした後も東京へ戻らず、この一年で相次いで亡くなってしまった。夫妻の遺品を整理する間、八重たちが二人の孫を預かることになっている。

「病み上がりなのに、お母さんには申し訳ないけれど」

「……もう元気よ」

力のない声で答える。先月、八重は肺炎を患《わずら》って二週間ほど入院した。病院のベッドで寝起きするのは初めてのことだった。万が一のことも頭をよぎったが、幸い経過は順調で、もう通院の必要もないと言われている——ただ、何かが変わったと八重は感じていた。気怠《けだる》さとも微妙に違う、奇妙な違和感が体の芯《しん》から抜けない。

「そういえば、わたしたちやっぱりお母さんたちと同じ棟に移ろうと思ってるの。この部屋の下……佐藤《さとう》さんが引っ越された後に」

恵子は長い年月ですっかり硬くなったコルクの床に指を向けた。八重たちの住む三階の真下には、一階と二階にまたがって佐藤という一家が住んでいる。子供が多く手狭になり、引っ越し先を探している話は聞いていた。大家族が複数の部屋を借りることは珍しくない。長年近所付き合いをしてきたので、名残《なごり》惜しい気持ちだった。

「佐藤さん、この前ご夫婦でうちにいらしたの。手狭だから引っ越すつもりだけど、よかったら一階と二階を一緒にお買いになりませんかって……これからのことを考えると、うちも部屋は多い方がいいでしょう」

もともとここは住宅営団が運営する賃貸アパートだった。戦争が終わった後に営団が解体され、長いごたごたの末に各棟が住民に払い下げられることになった。まとまった金額を払う必要はあるが、住民たちはそれぞれの部屋と、その棟が建っている土地の所有権を一部持つことになる。当然、売り買いも所有権を持つ者の自由だった。

持ち家が欲しいと思っていなかった八重は狐《きつね》につままれた気分だったが、三十年住んできたアパートには愛着がある。反対する理由はなかった。

「わたしたちもお金が余っているわけではないけど、必要な分は銀行から借りられると思うの。俊平さんの会社もここ数年は調子がいいから」

復員後しばらくヤミ屋をやっていた俊平は、結婚と同時に電気設備工事を請け負う小さな会社を興《おこ》した。洗濯機や冷蔵庫など、新しい電化製品が普及するにつれて、工事の依頼は尻上《しりあ》がりに増えているという。どの建物にもたくさんの電源が必要な時代だった。

「それでね、うちがこの下に移った後の話だけど」

娘が急に身を乗り出してくる。まだ引っ越していく佐藤家のことを考えていた八重は、うまく頭を切り替えられなかった。

「一階から三階まで全部うちのものになるわけでしょう。まとめて部屋を増築できるんじゃないかと思うの。お風呂場《ふろば》も欲しいし、お台所も広げたいし、できれば部屋も広くしたいのよ」

例の違和感が八重の首筋にまとわりついた。このアパートには内風呂がなく、狭い台所で人がすれ違うのも難しい。しかし、それほど不便に感じていなかった。勝手は知り尽くしているし、流行《はや》りの家電製品も無理に持つ必要はない。

「でも、それぞれが好きなように建物を建て増ししたりして、大丈夫かしらね」

住民がアパートの部屋にどんどん手を入れていく——そんな話は聞いたことがない。

恵子は明るい笑い声を立てた。

「心配しなくても大丈夫よ。土地も建物もわたしたちのものになるんだから。よそのお宅でもみんな増築を考えているそうよ」

娘の言うことは分かるが、それでも違和感は拭《ぬぐ》えなかった。

「わたしたちが伊豆から戻ったら、お父さんも一緒に四人で話し合いましょう。みんなの生活がよくなることだもの。よく考えて決めなきゃ」

そうね、と八重はかろうじてうなずく。最近、大事なことを忘れている気がする。

退院した頃からだろうか。かすれた文字を眺めているようなもどかしさがあった。

不意に外の階段を誰かが駆け上がってきて、玄関の扉が勢いよく開いた。

「僕の勝ち！」

青いチョッキを着た浩太が、人差し指を立てて部屋に飛びこんでくる。

「お邪魔しますって言いなさい。おばあちゃんのおうちでしょ！」

恵子がぴしゃりと注意する。

「お邪魔しまーす」

指を立てたまま、大きな声で言った。小学二年生のわりには体が大きく、性格も底抜けに明るい。はっきりした目鼻立ちは恵子譲りだ。遠い昔、関東大地震で亡くなった妹の愛子にも少し似ている。

ややあって、白いチョッキを着た進がおずおずと姿を見せた。浩太より二つ下だが、小柄なせいかもっと年は離れて見える。母親に注意される前に、お邪魔します、と小声で言って敷居をまたいだ。

「何で歩いてくるんだよう。おばあちゃんのうちまで競走だって言ったじゃないか」

浩太が唇を尖《とが》らせた。どうせ返事も聞かずに階段を駆け上がったのだろう。目に浮かぶようだった。進は困り顔で襖《ふすま》の前に突っ立っている。焦《じ》れた浩太がどんと床の薄《うす》縁《べり》を踏みならした。

「つまんないなあ。お前、くやしくないのかよ!」

八重はずきりと胸を衝かれた。瞼《まぶた》の裏で愛子の面影が花火のように散った。


夫の竹井や孫たちとの賑《にぎ》やかな夕食の後、八重は台所で白いボウルを洗っている。今夜の献立はクリームシチューだった。恵子はそろそろ伊豆に着いているだろう。布《ふ》団《とん》をどこに敷くか、話している三人の声が聞こえてくる。

ふと、八重は洗い物の手を止めた。

(愛子が死んで、くやしい……わたしは、くやしい)

雨に打たれながら、竹井と泣いたあの日から、三十数年が経っている。浅草の十二階で命を落とした妹のことを、一日も忘れたことはない。けれども、最後にくやしいと思ったのがいつなのか、はっきり思い出せない。戦争で大勢の命が失われ、年老いた者たちも少しずつ姿を消していっている。

しかし、あの時のように声を振り絞って泣きはしなかった。

自分は変わった、と八重は思う。

いつのまにか妻として大事にされることにも、アパートで暮らすことにも、洋食を美味《おい》しく作ることにも慣れた。

それ以上に世の中は大きく変わった。ずるずると長く戦争が続き、東京中が焼け野原になってしまったのも束《つか》の間《ま》、いつのまにか真新しい建物が並び、道行く人も継ぎのない服を着るようになっている。

目まぐるしい変化に身を置くだけで、八重自身も変わっていく。決して悪いことではないはずだ。けれども、それで本当にいいのだろうか。

「おばあちゃん」

細い声に八重は振り返った。台所の引き戸の向こうに、縞柄《しまがら》のパジャマを着た進が立っている。つるりとした凹凸に乏しい顔は兄の浩太とまったく違う。人からは俊平や恵子より、祖母の八重に似ているとよく言われる。

「……これ」

おずおずと空の湯呑《ゆの》みを差し出してくる。竹井のものだった。食後の茶を飲み終えた後、置きっぱなしになっていたのを持ってきてくれたのだ。

「ありがとう……偉いわね」

手を拭《ふ》いて湯呑みを受け取る。進は顔を赤くして、何も言わずに戻っていった。口が重いところまで八重に似ている。自分と同じような苦労をするのではないかと心配になる。

そろそろ子供たちは寝る時間だ。後で竹井がもう一杯茶を飲む気がする。魔法瓶の湯はさっき切れてしまった。

水の入ったやかんを昔ながらのガスこんろに置く。ガスの栓を開け、マッチを擦ろうとしたところに、今度は浩太がひょいと顔を出した。

「あーっ」

目を輝かせて駆け寄ってくる。

「それ僕がやる!」

マッチをもぎとるようにして、箱の側薬に頭をこすりつける。乾いた音を立てて真ん中から折れた。もう一本試しても同じだ。八重の口元に笑みが浮かぶ。子供の頃は不器用だった愛子や恵子も、こんな風にマッチをよく駄目にしていた。手本を見せようとして、ふと出がけに恵子から言われたことが頭をよぎった。

(うちの子ね、最近火遊びをしようとするの。注意してるんだけど、お母さんも気をつけてくれる?)

マッチの一つぐらいとは思うが、この子の性格では確かに危なっかしい。昼間も楽しそうに爆竹遊びをしていた。

「……おばあちゃんがやるわね」

返事を待たずにマッチを取り返して、こんろに火を点《つ》けた。

「練習したかったのにー」

浩太が不満を口にする。放っておけば勝手に練習しかねない。念のため、この家にあるマッチを手の届かないところに隠しておこうと決めた。

「二人ともやっと眠った」

奥の部屋に通じる襖を閉めて、浴衣《ゆかた》に半纏《はんてん》を羽織った竹井がちゃぶ台に戻ってきた。

「お疲れさまでした」

八重は湯気の立つ湯呑みを竹井の前に置いた。

「本当に疲れたよ」

竹井は屈託なく笑ってから、孫たちが眠っていることを思い出したらしい。大げさに口を閉じるしぐさをした。

ここ数年、竹井の頭にはめっきり白髪が増えた。肩や腕の肉が落ち、体つきのいかつさもやわらいだ。性格も変わったように思える。

昔は八重と同じように言葉少なで、世間話も喉《のど》につかえる人だった。三十代で営業職に就いてからはそれなりに社交的になり、人付き合いの幅も広がった。終戦直後の混乱で職を失っても、どうにか食いつないで再就職できたのは、助けてくれる知人が大勢いたからだ。今は電機メーカーの役員で、今年の九月に退職する予定になっている。

「そういえば、九月より先のことだけれどね」

一口茶をすすってから、竹井が口を開いた。八重は無言で続きを待つ。退職後は知人の会社を手伝って欲しいと誘われているはずだが。

「会社を移る前に、一月《ひとつき》ぐらいのんびりしようと思っているんだ。もしよかったら、二人で温泉旅行にでも行かないか」

旅行、と思わず口の中でつぶやいた。いいも悪いも想像がつかない。そういえば夫婦で旅行らしい旅行をしたことがなかった。三十年前は新婚旅行も珍しく、その後は旅行どころではない時代が続いていた。

「どちらへですか」

「まあ、熱海か、箱根か……熱海は若い人が多いそうだから、箱根の方がいいかな。強羅《ごうら》温泉はなかなかいいと聞いている」

八重はうなずいた。どちらへ行くにしても、東海道線を使えば茅ヶ崎を通る。八重の生まれ育った土地だ。実家の小間物屋は影も形もないが、家族の墓は残っている。九月はちょうど愛子の命日だ。

「途中で墓参りをしても構いませんか。茅ヶ崎で」

夫は目を瞬《しばた》かせた。

「そうだね。愛子さんやご両親に色々ご報告するいい機会だ」

すぐに笑顔を取り戻して答える。一瞬の戸惑いが八重の気にかかった。愛子は竹井と結婚の約束をしていた。今さら元婚約者の墓参りなどしたくない――などと考えるような人ではない。ついこの前も久しぶりに茅ヶ崎へ行きたいと竹井自身が言っていた。

墓参りを避けるような理由が、この旅行にあるのだろうか。

（……あ）

顔から火を噴きそうになった。竹井は夫婦水入らずの純粋な観光旅行を楽しむつもりでいたのだ。わざわざ熱海の地名を出してきたのは、昔できなかった新婚旅行を意識していたせいかもしれない。今の熱海は人気の新婚旅行先だという。

退院してもふさぎがちの八重の気を引き立てようと、旅行の計画を立ててくれたのだ。墓参りを持ち出して、出端《でばな》をくじいてしまった気がする。

「楽しみですね、箱根」

精一杯の愛想を口にする。

「ああ。きっと茅ヶ崎もいい季節だろう」

律儀《りちぎ》に八重の言ったことを予定に組み込むつもりだ。いたたまれない気持ちだったが、やめましょうと言うわけにもいかなかった。

二人はしばし黙りこんだ。

点けっぱなしのテレビでは、アナウンサーがプロ野球の試合結果を伝えている。国鉄の金田投手が新人の長嶋茂雄《ながしましげお》から四打席連続三振を奪ったらしい。音量を絞っているので、アナウンサーの声は切れ切れにしか聞こえなかった。

「そういえば、恵子たちが引っ越しを考えているみたいで……ご存じでしたか」

雰囲気を変えるつもりで、八重が尋ねた。あらかじめ話が通っているかもしれないと思ったが、いや、と竹井は首を振った。

「どういう話なんだい」

八重はかいつまんで説明する。竹井は相づちを打ちながら最後まで聞き、

「実は私も増築を考えていたよ」

と、言った。

「……そうだったんですか」

八重は密《ひそ》かに驚いていた。夫は彼女のような違和感を持っていないらしい。

「でも、三階だけやるわけに行かないだろう。そこだけ建物が出っ張ってしまうからね。だから、難しいと思っていたんだ」

「どこを増やすんですか」

「やっぱり風呂や、台所……部屋も一度綺麗《きれい》にしたい。入居を申しこんだ頃は、最先端のアパートメント、なんてもてはやされていたけれど、ずいぶんくたびれてしまったから」

竹井はぐるりと部屋を見回した。真っ白だった漆喰の壁は黄ばみ、あちこちにひびも入っている。どこから入りこんでくるのか、時々ネズミを見かける。五年前に白猫のユキが亡くなってから、さらにその数は増えた。

「俊平くんたちはいずれ私たちを下に住まわせて、自分たちが上の階に住むつもりじゃないかね。もっと年を取れば、三階まで上がってくるのは難しくなるだろうから」

確かに退院してから、八重も階段の上り下りに不安を感じることがある。もう十年も経てば、敷地内の銭湯へ行くのも負担になるだろう。建て増しは理にかなっている。

「古い部屋に手を加えて、いいものでしょうか」

「住みやすくはなると思う。新築のアパートとまったく同じというわけにはいかないだろうが」

「そうではなくて……」

八重は言い淀《よど》んだ。うまい言葉が見つからない。

「手を加えても、その……問題はないのか、ということです」

「建物の強度のことかい」

竹井が後を引き取った。たぶん違うと思ったが、八重は軽くうなずいた。

「……かもしれません」

「心配ないと思うが……いや、何とも言えないな。そこまでは考えなかった」

眉《まゆ》を寄せて真剣に考えこんでいる。三十年前、竹井が鉄筋コンクリートのアパートを新居に選んだのは、大きな地震や火事から家族を守ってもらうためだった。下手に手を加えて、建物が脆《もろ》くなってしまっては元も子もない。

「明日会う友達に相談してみるよ。建築会社に勤めていた男で、こういうことにも詳しいはずだ。もし何か問題があるようなら、増築はやめればいいさ」

竹井はそう言って、湯呑みの茶を一口すすった。

次の日は朝から音のない霧雨が降っていた。粘りつくような湿気が手首や襟元にまとわりついてくる。

竹井は大学時代の友人と会うために出かけていき、八重は押し入れの整理を始めた。手を動かしている方が気分は晴れる。

浩太と進は隣の座敷で漫画本に夢中だった。最近の子供たちは活字の本をあまり読まないようだ。チャンバラをしたりピストルを撃ったり、暴力的な内容が多いと恵子が愚痴をこぼしている。心配にならないと言えば嘘《うそ》になるが、八重の目には戦時中の児童雑誌よりは他愛《たわい》ない絵に見える。あの頃は兵士たちが武器を構えて敵と戦う生々しい挿絵が、子供向けの記事にも添えられていたものだ。

「僕たちはこのアパッチ砦《とりで》を守るんだ」

浩太の声が聞こえて、八重は襖から顔を出した。二人は弾の出ないおもちゃのピストルを構えていた。足下には馬に乗ったカウボーイの絵が印刷された漫画本が転がっている。西部劇の漫画を読み終わって、登場人物になりきる遊びが始まったようだった。

「……大事な砦だからね」

大人しい進も相手役をこなしている。八重は押し入れの整理に戻った。もう着られそうもない竹井の古い服や、婦人雑誌の切り抜きを集めたスクラップブックの奥から、鎌倉彫の文箱《ふばこ》が出てきた。八重が母から貰った形見だった。蓋《ふた》を開けると古い封書や葉書がびっしり詰まっている。一番上に「竹井光生様」と女文字で書かれた角封筒があった。

妹の愛子が婚約していた竹井に宛《あ》てた手紙だ。この封筒一つで胸を騒がせた新婚時代が無性に懐《なつ》かしかった。まだ三十にもなっていなかったのに、八重はひどく年を取ったつもりでいた。その感じ方も含めて、今の自分には息が詰まるほど生々しい。

「敵ののろしが見えたら、すぐに知らせるんだぞ」

遠くに浩太の声が聞こえる。中の手紙は読まなくても文面を憶《おぼ》えていた。

光生さんのことを姉がどう思つてゐるのか、まだ御心配のやうですけれども、私はちつとも心配してをりません。姉は無口なだけで、とても優しい人です。

無口な八重と竹井の間を取り持とうとする手紙だ。愛子は三人で家族として幸せになりたいと願っていた。自分よりもずっと優しい人だったと思う。

「……今夜は一晩中見張りだ。その焚火《たきび》を絶やすなよ」

分かった、と進の答える声もする。八重ははっと我に返った。黒いもやのようなものが頭上を流れている。立ち上がって隣の部屋に飛びこんだ。

青銅の大きな灰皿の上で、丸められた新聞紙がまっすぐに高い炎を上げていた。細かな赤い灰が部屋の中をふわふわと舞っている。

物言わずに灰皿を持ち去り、台所の流しに放りこむ。鐘を突いたような鈍い音が響いた。上から濡《ぬ》れた手拭《てぬぐ》いをかぶせて、炎と煙を同時に抑えこんだ。

ほっと息をつき、座敷に戻る。おもちゃのピストルを持った浩太が立ち竦《たすく》んでいた。もう片手には竹井が昔使っていたライターが握られている。家中のマッチを隠したが、このライターは茶簞笥《ちゃだんす》の引き出しに入れっぱなしになっていた。

「火遊びをしないように、お母さんから注意されていたでしょう」

間を取ってから、低い声でゆっくり告げる。お母さんは怒ると怖い、と昔から恵子にも言われている。はい、と浩太が小さく答えた。進も青ざめた顔で兄のかげに隠れている。

内心では腹を立てていなかったが、厳しく注意しておくべきだと思った。万が一のことがあるかもしれない。

「二度としないようにね。火事になるかもしれないから」

ライターを浩太の手から受け取る。マッチと同じく隠しておこうと心に決めた。

「火を点けられる道具を、まだ持っていたら出しなさい」

浩太はしばらく迷った後、ポケットからマッチ箱を出して八重に渡した。

「他には？」

「……ないよ」

はっきりと答える。開けっぴろげな性格のせいか、この子は嘘をつくのが下手だ。本当に持っていないのだろう。

「大人しくしていなさい」

長々と説教はしない。八重は再び押し入れの前に戻った。文箱の中身は後でゆっくり整理しよう。蓋を閉じて脇《わき》に避《よ》ける。

二人の孫はぼそぼそ声で何か喋《しゃべ》っている。声を小さくしてと言ったつもりはなかったけれど。

「おばあちゃん」

いつのまにか進がこちらを覗きこんでいた。

「どうしたの」

口を開きかけて、進は黙ってしまう。言葉が出てこないようだった。微妙に表情が暗いのは、さっき八重が怒ったせいではない。今朝から同じ様子だった。

「……高志《たかし》兄ちゃんたち、本当に引っ越すの」

やっとのことで声を絞り出す。高志兄ちゃんというのは、下の階に住んでいる佐藤家の長男だ。男ばかりの四人兄弟で、年の近い浩太や進とよく一緒に遊んでいる。

「誰から聞いたの」

「おばあちゃんが、話してた。昨日、おじいちゃんに」

あの時はまだ眠っていなかったのか。隣の部屋に声が洩《も》れるとは思わなかった。

「そうみたいね。おばあちゃんも、詳しく知らないけれど」

八重は正直に答えた。聞かれていた以上は下手に誤魔化せない。

「……そっか」

襖の縁を摑《つか》んだまま動かなくなった。進は高志たちによく懐いている。引っ越すと知ってショックを受けているのだ。

「別に引っ越したって、高志兄ちゃんたちのところまで自転車で行けるよ。さっき言っただろ。新しい家、祐天寺《ゆうてんじ》にあるんだって」

奥の部屋から浩太が言った。浩太はもう知っていたようだ。派手に火を使ったのは、弟を元気づけるためだったのかもしれない。

「でも……遠くなったら、毎日遊べない」

兄の顔を見もせずにつぶやく。

「うちが広くなるんだからいいだろ。僕たち、それぞれ部屋が持てるんだぞ」

進はうつむいたまま口をつぐんでしまった。八重にはこの孫の気持ちが分かる。うちが広くなるのはきっといいことだ。恵子が言ったように生活はよくなる。けれどもこの子にとってはそういうことではない。八重は進ににじり寄ると、膝立《ひざだ》ちで目を合わせた。

「まわりで急に色々なことが変わると……どうしたらいいか、分からなくなるわね」

心のうちを言い当てたというよりは、増築の話に戸惑っている自分のことを口にしていた。進は細い目を見開く。八重によく似た目だった。

「……うん」

こくりとうなずく。八重は苦笑を浮かべた。こんなに幼い孫も同じようなことを考えている——いや、自分が子供のように幼いだけかもしれない。

「馬鹿《ばか》だなあ、お前は」

浩太がひときわ大きな声を張り上げた。

「変わるからなんだっていうんだよ。いちいち考えたってしょうがないじゃないか!」

昼食の後、いつのまにか雨は止《や》んでいた。

満腹になった孫たちは昼寝している。空はまだ暗い鉛色で、いつまた降り出すか分からない。八重は恵比寿にある市場へ一人で買い物に行った。昨日は肉料理だったので、今日は魚にするつもりだった。竹井もその方がありがたいだろう。

買い物をしている間も、さっきの浩太の言葉が八重の中で尾を引いていた。変わるからなんだというのか――本当にその通りだと思う。けれども、何かが変われば何かを捨てざるを得ない。仕方がないとしても、納得してから変わりたい。

自分たちのような人間の願いはきっとそういうことだ。

ずっしり重い買い物かごを抱えて、八重はアパートに戻ってくる。空の色がさらに暗くなっていた。急ぎ足で坂を上っていくと、満開の桜の下に子供たちの姿があった。

一番背の高い野球帽とジャンパー姿の少年が振り返る。

「こんにちは！」

きちんと帽子を取って頭を下げた。さっき進が名前を口にした高志だった。他の子供たちもそれに倣《なら》う。佐藤家の四人兄弟だった。

彼らの足下から黄色い煙がもくもく立ちのぼっている。桜の花弁が散らばった地面で、細長い炭のようなものがうねっていた。へび花火と呼ばれているおもちゃだ。どういう仕組みか分からないが、豆粒ほどの小さな塊に火を点けると、何十倍にも膨らんで紐《ひも》状に伸びていく。

高志の手にはマッチが握られている。浩太たちはこの兄弟に爆竹遊びを教わったのかもしれない。

「火を使う時は、気をつけてね」

一応注意することにした。高志は大人びた顔つきでうなずく。

「分かってる。だから水をちゃんと用意してるでしょう」

すぐそばにあるバケツを指差す。ちゃんと用意してるよ、と弟たちも口々に繰り返した。

「竹井のおばあちゃん」

半ズボンをはいた一番下の子供が八重を見上げた。確か進と同い年だ。

「進ちゃんたち、どこかへお出かけしてるの」

「……うちにいるわ」

答えてから気付いた。昨日の夕方から杉岡家の方には誰もいない。この子たちは竹井家で二人を預かっていることを知らないのだ。

「お父さんとお母さんは留守で……二人とも、おばあちゃんのところにいるの」

「なんだ、そうかあ」

と、兄たちを振り返った。

「進ちゃんたち、三階にいるんだって！　呼んできて一緒にへび花火と爆竹やろうよ」

返事を待たずに走り出しそうだった。たぶん八重の顔に懸念《けねん》が浮かんでいたのだろう。高志がジャンパーの胸をぽんと叩《たた》いた。

「俺がちゃんと見てるから、大丈夫。進にはマッチを触らせないよ」

八重の頭を疑問がよぎった。どうして進の名前が出てくるのだろう。

「浩太も、こういう遊びをするのよね」

皆に尋ねると、子供たちは不思議そうに顔を見合わせた。口を開いたのは年長の高志だった。

「浩太もするけど、進ほどじゃないよ。あいつ、怖がりのくせに火遊びは好きなんだ。浩太より火を点けるのは上手だし」

はっと息を呑んだ。どうして気付かなかったのだろう。

（うちの子ね、最近火遊びをしようとするの）

恵子は浩太の名前を出していなかった。浩太はうまくマッチを擦れない。昨日二人は爆竹で遊んでいたが、火を点けるところを目にしたわけではなかった。ひょっとすると、進がその係だったのではないか。

だとしたら、浩太から火を点ける道具を取り上げても意味がない。進の方もマッチか何かを持っている可能性がある――。

「なんだか、煙の臭いがする」

子供たちの一人が声を上げた。へび花火はとっくに炭だけになっている。それなのに、確かに白っぽい煙が流れてきていた。

八重たちの住む棟の方からだ。

突然、不吉な予感に全身を突き上げられる。買い物かごを捨てた八重は、銀杏《いちょう》の並木を駆け抜けていく。鮮やかな新緑の枝に遮られて、煙のありかがはっきり見通せない。煙の色は濃く、臭いも強くなっていく。木や紙だけではない、普通火にくべないものまでくべた時の異臭――大正の大地震でも、戦争中の大空襲でも同じものを嗅《か》いだ。

建物の入り口で立ち止まり、八重は窓を見上げる。

「あっ……」

三階の竹井家の窓から、濁った煙があふれ出ていた。ちらちらと赤い炎がその奥で瞬《またた》いている。八重が茫然《ぼうぜん》と立ち竦《すく》んだのは一瞬だった。この事態に最初に気付いた人間として、やらなければならないことがある。

「火事です！　早く逃げて！」

六十年近い人生でこれほどの大声で叫んだことはない。たちまちいくつかの窓が開いて、住人たちが顔を出した。

「三階の竹井の部屋から火が出ています！　すぐに避難して下さい！」

この棟には渡り廊下がなく、出入り口と階段が複数ある。一組の出入り口と階段を使うのは各階二部屋、合計で六部屋の住人だけだ。竹井家に通じる出入り口以外からは、煙にまかれる心配なく逃げられるはずだ。

そこへ佐藤家の子供たちが追いついてくる。八重は高志に向かって告げる。

「瀬川《せがわ》さんのお宅に電話があるから、消防車を呼んでもらいなさい」

八重は通りをはさんだ向かいの棟の一階を指差した。分かった、と高志が駆け出していき、八重は出入り口の扉に向き直った。これでやっと三階の火元を確かめに行ける。孫たちの安否を思うと、頭がおかしくなりそうだ。

建物の中へ飛びこもうとした時、走り出てきた小柄な人影とぶつかりそうになった。

「おばあちゃん」

と、進が言った。白いシャツにも頭にも細かな灰をかぶり、小刻みに体を震わせている。無事だった、という安堵《あんど》と同時に、別の恐怖が胃の奥からせり上がってきた。

「浩太はどこなの」

途端に進の両目から大粒の涙がこぼれ落ちた。ごめんなさい、と泣きじゃくりながら、くやしそうに顔を歪《ゆが》めていた。

「……運べなかった」

八重は三階の窓を見上げた。重くて運べなかった、進はそう言っている。浩太は建物の中で意識を失っているのだ。

そこへ建物の扉から、長袖《ながそで》の肌着と長ズボン姿の老人が咳《せ》きこみながら姿を現す。竹井家の斜め下、二階に一人暮らしをしている元大学教授だ。着の身着のままで逃げてきた様子だった。

「一、二階には誰もいないようです」

確認をしてくれたらしい。八重は素早く考えをめぐらせた。高志たちの両親は夫婦で雑貨店を経営しており、日曜も仕事に出ている。一階に住む若い夫婦が出かけていく姿をさっき買い物帰りに見かけた。三階の竹井家の隣は今空き部屋になっている。この扉の向こうに残っているのは、もう浩太しかいない。

「……三階はどんな様子でしたか」

「煙が充満して、行けたものじゃありませんよ。まさかまだ誰かいるんですか」

八重は唇を嚙《か》みしめた。

誰も浩太を助け出してはくれない。

消防隊もきっと間に合わない——。

「……くやしい」

八重の口からひとりでに言葉が洩れる。この先のあってはならない未来が、黒い影のようにくっきりと浮かび上がった。

浩太が命を落としたら、隣で泣き崩れている進が、くやしいとつぶやく日が必ず来る。くやしくないのかよ、という兄の言葉を何度も思い返し、これから一生自分を責め続ける。家族の死に慣れる者はいない。

(愛子が死んで、くやしい……わたしは、くやしい)

過去の自分以外に誰も、あんな風にくやしいと思うべきではない。そんな未来を、八重は決して認めない。

「子供たちをお願いします」

そう言い捨てて、アパートの中に飛びこんだ。不思議なほど頭は冷静だった。闇雲《やみくも》に三階へ行けば、自分も煙にまかれてしまう。それではなんの意味もない。二階へ駆け上がった八重は、まず老人の部屋に飛びこんだ。

扉のすぐ横に小さな洗面台がある。八重は壁にかかっていた手拭いを取って、蛇口の水で湿らせた。とにかく煙を極力吸わないようにするしかない。手拭いで口を覆《おお》いながら再び階段へ出る。

上の階に行くほど煙の色が濃い。四つん這《ば》いのような格好で素早く階段を上がっていく。煙が高いところに行くことは経験で知っている。低い姿勢の方が安全だった。

三階に上がると、竹井家の扉は開きっぱなしだった。火元は南側の居間らしい。木の爆《は》ぜる音がしているのは、茶簞笥にも燃え広がっているからだろう。玄関まで這い進んだところで、濃い煙に目を開けていられなくなった。頰にも熱気がぶつかってくる。

これでは部屋の奥まで進めそうもない。しかし、ここで引き返すわけには——。

廊下の床板についた八重の手が、誰かの髪の毛に触れる。薄目を開けると、部屋から上半身を出した浩太がうつぶせに倒れていた。本人がここまで這ってきたのか、進が運びだそうとしたのか。半ズボンのベルトを摑んで抱き寄せる。

まだ息はある。ほっとした途端、吸いこんだ煙に喉を燻《いぶ》される。鼻と口を手拭いでふさいだまま激しく咳きこんだ。

一刻も早く逃げなければならない。片腕で孫の体を抱えて、膝を突いたまま後ずさりする。ぱちり、とひときわ大きく木が爆ぜて、初めて八重は部屋の中を見た。ぶら下がったカーテンが火柱のように燃えさかり、炎は茶箪笥と床の薄縁にまで広がっていた。

茶箪笥の前に鎌倉彫の文箱が置きっぱなしになっている。中には愛子の手紙もある。何十年も大切にしてきたものだった。

八重は浩太のベルトを強く摑み直した。もう取りには戻れない。手紙よりも大切なものが腕の中にある。愛子なら必ずそれを分かってくれる。

その後のことを、八重ははっきり思い出せない。

どうにか建物を出て、銀杏の根元に浩太を下ろしたことは記憶に残っている。力尽きて座りこんだところに、遠くから消防車のサイレンが近づいてきた。到着する前に、八重は完全に意識を失ってしまった。

八重は夢の中で愛子に会った。

アパートの部屋から外を眺めていると、銀杏の下に愛子が立っていた。亡くなった日のワンピースを着て、あの頃に流行ったつばの短いフェルトの帽子をかぶっている。輝くように美しいままだった。

にこやかに笑いながら、大きく手を振っている。老いた今の八重も手を振り返した。愛子が夢に出てきたことはこれまでに一度もない。

きっと、もう二度とないのだと八重は思った。

愛子はなにか叫んでいる。声はこちらに届かなかったが、口の動きで意味は分かった。

さようならでも、ありがとうでもなかった。

目を開けると、部屋には明かりが点いていた。白い漆喰の天井はアパートのそれと違うが、どこか見覚えがある。

先月、肺炎の治療で過ごした病院に似ている。いや、きっと同じ病院に運びこまれたのだ。やっと意識がはっきりしてきた。

「……八重」

聞き慣れた声がする。竹井がベッドのそばの椅子《いす》に腰を下ろしていた。今朝、出かけた時と同じ背広を着ている。窓の外は真っ暗だった。もう夜になっている。

「火事は、どうなりました?」

「消防隊が消してくれた。うちの部屋はかなりやられたが、他の部屋は何ともなかった」

「……よかった」

八重はほっとした。もちろん近所に謝らなければならないが、取り返しのつかない被害はなかったようだ。

「君のおかげだ。消防隊の人たちも驚いていたよ。気が動転してもおかしくないのに、奥さんの対応はどこを取っても適切だったって」

八重にとっては驚かれることではなかった。万が一の事態があったらどうするか、この三十数年、折りに触れて考えていただけだ。自分にできるすべてのことをする——ずっとそのつもりで生きてきた。

もう二度と、くやしい思いをしなくても済むように。

「浩太と進は、無事ですか」

竹井は隣のベッドを振り返った。二人の孫が並んで眠っている。竹井が小声で話している理由がやっと分かった。

「浩太は治療を受けて、すぐに意識を取り戻したよ。二人とも疲れきっているのに、君から離れたくないと聞かなくてね。ここの看護婦が厚意で貸してくれたんだ」

それから、竹井は表情を改めた。

「火事の原因は進の火遊びだよ。高志くんたちの花火の煙が窓から見えて、のろしで合図を送りたくなったそうだ」

あのへび花火がきっかけだったわけだ。子供らしい遊びがこんな大事《おおごと》になってしまった。

「浩太が進を庇《かば》って、大変な騒ぎだった。二人とも自分がやったと言うものだから、最初はなにがあったのかまるで分からなくてね」

竹井は苦笑して耳のあたりをかいた。よほど大きな声を聞かされたのだろう。浩太らしいと八重は思った。

「部屋、修繕しないといけませんね」

愛子の手紙は燃えてしまっただろう。そう思っても、もうあまり胸は痛まない。

「ああ。そうだな。増築までするかどうかは、ともかくとして……」

「増築も、した方がいいと思います」

八重はきっぱり言った。霧が晴れたような気分だった。

「どうせ工事するんですから」

竹井は面食らった様子だった。慌《あわ》てて話を続ける。

「すみません。昨日と言うことが違って……支障がなければ、ですけれども」

今日、夫は建築会社に勤めていた友人にそのことを相談してきたはずだ。

「……今日聞いた話では、おそらく問題はないそうだ。費用はかかるが、念のため増築部分もコンクリート造にした方がいいと言っていた」

ベッドの上で深くうなずく。変わっていくことは避けられない。だとしたら大事なことを胸に刻んで生きていけばいい。これまでのことを。これまで亡くなった人たちのことを。

「おばあちゃん！」

体を起こした浩太が、いきなり声を張り上げた。

「目が覚めたんだ！　どこか痛いところない？」

唇に人差し指を当てた。まだ進が眠っている。浩太はするりとベッドから降りて、八重の枕元に手をついた。

「大丈夫よ」

本当は体の節々に痛みを感じ始めていた。激しく動いたせいだろう。しかし、先月から続いていたあの気怠《けだる》さはきれいに消えている。

「よかった。このままだったらどうしようかと思った……ありがとう。助けてくれて」

内緒話のように話しかけてくる。顔だけではなく、声も愛子に似ていた。ふと、八重はさっきの夢を思い出した。

「浩太は今、どんな気持ち？」

唐突な質問にも、浩太は迷わなかった。当たり前のようににっこり笑った。

「うれしいよ」

想像した通りの答えに、八重の唇がわなないた。

（姉さん、うれしい……わたしは、うれしい）

愛子は銀杏の下で、繰り返しそう叫んでいた。

「わたしもうれしい。浩太」

と、八重は言った。その目から一筋の涙が流れ落ちた。

ホワイト・アルバム　一九六八

　イントロが始まった瞬間、ばちっと背筋が痺《しび》れた。電流が流れたみたいだった。

杉岡進は慌《あわ》ててボリュームを上げる。ラジオを点《つ》けたのは偶然だった。静まり返った冬の夜に、何でもいいから物音が欲しかっただけだ。

　来月に出るビートルズの新しいアルバムを紹介します、というディスクジョッキーの説明も、マンガ雑誌を読みながら上の空で聞いていた。

　ビートルズをきちんと聴いたことはなかった。涙の何とかだの、愛がどうとか、甘ったるい曲名ばかりで自分とは関係がなさそうだったからだ。ジョン・レノンが日本人女性と交際しているとかで話題になっているが、以前ほどの人気はない。一部の若い女の子に騒がれているグループ、ぐらいの印象しかなかった。

　生まれてから十六年、ロックンロールにも他の音楽にも興味を持ったことはなかった。

ついさっきまでは。

今、流れている曲は「バースデイ」。力強いギターとドラムに、叫ぶようなボーカルがかぶさる。バースデイと繰り返しているから、たぶん誕生日について歌っているのだろう。それ以上のことは分からない。自分自身が生まれ変わった気分だった。両足が勝手に動いて床を踏みしめる。どんどんどん、どんどんどん。

突然、襖《ふすま》がぶるっと震えた。

「進、うるさいぞ」

隣の部屋にいる兄の浩太が声を上げた。無視したかったが、部屋に入ってこられると音楽の邪魔だ。仕方なくイヤホンを耳に着けて、ポータブルラジオの裏側に差した。部屋に響いていた「バースデイ」が耳の中だけになった。

ただ甘ったるくて能天気なのがビートルズだと思いこんでいた。何も知らなかったのだ。彼らの音楽には切なくて暗いものがある。今の自分にぴったりだった。

「バースデイ」の他にも何曲かかかった。「オブ・ラ・ディ、オブ・ラ・ダ」「バック・イン・ザ・U.S.S.R.」「ハニー・パイ」「ディア・プルーデンス」等々。どれも新しいアルバムに収録されていて、イギリスではもう発売中だという。

三十分の番組が終わった後も震えが収まらなかった。いてもたってもいられずに部屋を出る。台所の前を通ると、兄の浩太が流しにもたれているのが見えた。いつものように黒いハイネックのセーターを着て、青いジーパンをはいている。手に持ったカップの中にはインスタントコーヒーらしきものが湯気を立てていた。

　広告のモデルみたいに軽く足を組んだ姿はいけ好かないが、背が高く足も長いのでよく似合っている。祖父から貰《もら》った綿入りのどてらを羽織って、黒縁の眼鏡をかけた自分よりはずっと格好いい。ついでに頭の出来も兄の方がよかった。有名私大の附属高校の三年生で成績優秀、春には法学部への内部進学が決まっている。

「ビートルズなんて、いつから聴くようになったんだ」

「……ずっと前から」

　進は嘘《うそ》をつく。三十分前とは言いにくかった。ふうん、と浩太が鼻を鳴らす。

「ビートルズより、モダン・ジャズの方がいいぞ。ロックはもうコマーシャリズムにすっかり取りこまれちまったけれど、ジャズにはまだ権力や権威への反抗心が残ってる。聴けば分かるよ。今でも黒人たちの音楽だからな」

　進は口をつぐんだまま、玄関で靴を履いて出て行く。ここは三階建てのアパートの一番上だ。この真下にある二階と一階の二部屋も進たちの一家が所有している。十年前に火事の修繕と一緒に建物も増築して、どの階の部屋も広くなった。

三階にはもともと祖父母が暮らしていたが、階段の上り下りが辛《つら》い年齢になって一階に移っている。今は進たちの子供部屋だ。両親は真下の二階を使っている。食事の時は一階に集まっていた。

重い足取りで一階へ下りていく。階段のあたりはこの建物ができた四十年前から変わっていない。何がモダン・ジャズだ、とつぶやく。兄貴の奴《やつ》、去年まで西郷輝彦《さいごうてるひこ》の大ファンで「星のフラメンコ」ばっかり歌ってたくせに。権力だの権威だの、聞いて呆《あき》れらあ。

建物を出た途端、真冬の夜風が首筋にまとわりついた。歩き回る気が失《う》せて、建物の扉に背中を預ける。黒々とした雲に遮られて、空には星も見えない。

あと一週間もすればクリスマスだ。ツキのなかった一九六八年がやっと終わる。いや、今日ビートルズに出会ったのは素晴らしい幸運だ。

体と一緒に頭も冷えてきた。腹を立てているのは兄貴に対してではない。その場で言い返せない自分に対してだ。

言いたいことがいつも喉《のど》につっかえる。十年前、アパートの火事があってからは特にひどくなった。原因は進の火遊びだ。悪くするとこの建物が燃えて、死人が出ていたかもしれなかった。

どうしてこんなことをしたんだ、と警官に何度も訊《き》かれたけれど、進は黙りこくっていた。どうしたもこうしたもマッチを擦るのが無性に楽しかったからで、それ以上は言葉にしようがなかった。一生マッチやライターには触れまいと誓って、この十年間ずっとそうしてきている。心から反省していることを話せばよかったと後から気付いた。

警察にもだんまりを決め込んだせいだろう。何を考えているか分からない、かと思うととんでもないことを始める子供、という目で見られるようになっていた。今もほとんどの大人たちからそう思われているはずだ。

これといった取り柄もない変わり者の高校生、それが杉岡進という人間だ。

一階の窓が開いて、白髪頭がゆっくり現れた。進の祖母だった。縫い物でもしていたのかもしれない。老眼鏡を少しずらして、じっとこちらを見ている。

しばらく沈黙が続いた。お互いの吐く息が白い。

「おじいちゃんは？」

仕方なく進から尋ねる。

「……もう、おやすみよ」

細い声で祖母が答えた。

「寒くないの、進は」

「少し」

祖母の頭はいったん引っこんで、しばらくすると戻ってきた。窓からえんじ色のマフラーを差し出してくる。暗がりでも手首の皺《しわ》がはっきり目立った。ありがとう、と礼を言って受け取る。

祖母も年を取ったとつくづく感じる。背中が曲がって声に張りもなくなった。十年前の火事で、兄の浩太を助けてくれた時とは別人のようだ。胸がずきりとうずく。

家族の中でこの祖母と一番気が合う。人からは顔も性格もそっくりだと言われる。祖母も並外れて無口な人だ。今もどうして夜更《よふ》けにこんなところに立っているのか、大人なら誰でも尋ねることを尋ねない。祖母相手なら思っていることを多少は話せる。

「おばあちゃん」

簞笥《たんす》に仕舞われていたのか、首に巻いたマフラーからはほんのり樟脳《しょうのう》の匂《にお》いがする。安心する匂いだった。

「俺、好きなものができた」

「いいことよ」

その言葉だけはすぐに返ってきた。背中を押された気がした。ビートルズの新しいアルバムは来月末に発売されるそうだけれど、それまでとても待てない。さっきの曲を今すぐにでも聴きたかった。

イギリスでとっくに発売になっているのだから、どうにかしてそれを手に入れればいい。方法はきっとあるはずだ。

進の通う都立高校は東横線で二駅の距離にある。次の日の登校中も、着いてからも頭はビートルズのアルバムのことでいっぱいだった。幸いにして、と言っていいものか、教室ではあまり話しかけられることがないので、考え事に集中することができた。

(ビートルズの熱烈なファンは東京に大勢いる)

皆、新しいアルバムを少しでも早く聴きたがっている。どこかにもう手に入れている人がいるかもしれない。

「杉岡くんよう」

背中を突かれて、飛び上がりそうになった。おそるおそる振り向くと、髪をGIカットにした大柄な男子がにっこり前歯を見せている。といってもほとんど抜けてしまって、残っているのは一本だけだ。歯の隙間《すきま》からシンナーと煙草《たばこ》のごたまぜになった強烈な臭《にお》いが漂ってくる。クラスでも恐れられている不良生徒だった。

渋谷の愚連隊と関わりがあるらしく、前歯はケンカで折られたとも、シンナー遊びで溶けたとも噂《うわさ》されていた。恐ろしさのあまり誰も尋ねたことはない。

「次、当たるぜ」

凄味《すごみ》のある声で囁《ささや》かれる。今は古文の授業中だ。言われてみると、前の席の女子が立ち上がって教科書を朗読している。

「……どうも」

冷や汗をかきながら礼を言う。

「いいって。気をつけなよ、杉岡くん」

この生徒がくん付けで呼ぶ相手は進だけだ。周りの生徒たちはそんなやりとりから目を逸《そ》らしている。

進がクラスの不良に一目置かれ、そうでない生徒たちから距離を置かれるようになったのは、十月に停学を食らってからだ。

原因は国際反戦デーに新宿で起こった騒乱事件だった。ヘルメットをかぶった全学連の学生たちと完全武装の機動隊が激突して大混乱に陥った。たまたま学校をサボって新宿で映画を観《み》ていた進も警察に補導されてしまった。すぐに解放されたものの、高校からは一週間の停学処分を食らった。

そこまではまだ良かったが、進の過去を知る誰かが十年前の火事と今回の件を結びつけたらしい。停学明けに登校すると、進が新宿で火炎瓶を放り投げたという噂が広がっていた。火遊び大好きな杉岡進は、自宅だけではなく機動隊員まで燃やそうとする危険人物というわけだ。

かと思うと、進を熱心な活動家と勘違いした上級生から、マルクス主義研究会に入らないかと勧誘も受けた。まったく迷惑この上ない。

（やっぱり、ビートルズのファンに訊くしかないか）

教科書を朗読して席についてから、進は再び物思いに耽《ふけ》った。知り合いに大ファンが一人いる。直接顔を合わせたくないが、間に人を挟めばどうにかなるかもしれない。

その相手にも心当たりがあった。

目当ての相手を捕まえられたのは、放課後になってからだった。

昇降口で待ち構えていると、下校する生徒たちの中にひときわ目立つ五厘刈《ごりんが》りを見つけた。

「直也《なおや》」

と、進は声をかける。男子生徒は立ち止まって、こちらを振り返った。色白の細い顔に青々とした坊主頭《ぼうず》が絶望的に似合っていない。本人の趣味ではなく、高校卒業までおしゃれ厳禁という父親の教育方針に逆らえないだけだ。

「や、やあ……ムッちゃん」

引きつった愛想笑いを浮かべる。佐藤直也は同い年の幼馴染《おさななじ》みだ。今でも進を昔のあだ名で呼ぶ。「すすむ」だからムッちゃん。

佐藤家も昔は代官山アパートに住んでいたが、十年前この高校に近い祐天寺の一戸建てに引っ越した。直也の成績は中の中で、クラスは違うものの進と同じ学校に通っている。

「ちょっと話があるんだけど、時間あるか？」

「えっ？も、もちろん。いつでも聞くよ。ムッちゃんの話なら」

小刻みに何度もうなずいた。二人は並んで校門を出る。直也は横目でちらちら進の顔色を窺っている。

四人兄弟の末っ子で気が弱いとはいえ、直也のおどおどした態度には理由がある。新宿で進が補導され、停学処分を受けるきっかけを作ったのが直也だからだ。

あの日、午後の授業をサボらないかと誘ってきたのはこの幼馴染みだった。新宿で上映中の西部劇映画がどうしても観たいけれども、一人で繁華街をうろつくのが不安だという。

進はあまり気乗りしなかった。新宿にはこのところガラの悪いフーテン族がたむろしているし、国際反戦デーで政府のベトナム戦争協力への大規模な抗議集会もあると聞いていた。

とはいえ、授業には出たくなかったので、何とかなるだろうと思い直した。いつにもまして新宿の街は不穏な雰囲気だったが、通りすがりの自分たちには関係がないつもりだった。

無関係ではいられないと悟ったのは映画館を出てすぐだった。

駅周辺には放水車が配備され、機動隊の発射する催涙弾で霧がかかったようだった。その上、線路に突入したデモ隊のせいで山手線が停まっていた。機動隊とデモ隊の両方を避けながら、仕方なく進たちは代々木方面へ歩き出した。

「ムッちゃん、なんだろうこれ」

直也が妙な酒瓶を拾ったのは、新宿御苑《ぎょえん》の近くだったと思う。進が受け取って蓋《ふた》を開ける。いっぱいに詰まった液体からは妙な臭いがした。酒ではなく、ガソリンらしい――ひょっとすると、これが火炎瓶というものではないのか。もちろん見るのも触るのも初めてだ。こんな物騒なもの、どう始末したらいいんだろう。

あたりを見回した時、道路の反対側にいた制服警官と目が合った。

（しまった）

はっと振り返ると、脇道《わきみち》へ飛びこんだ直也が全力疾走で逃げていくところだった。後にはデモ隊の武器を手にした進だけが取り残された。

警察にも家族にも教師にも、進は幼馴染みの名前を出さなかった。直也が進を置き去りにしたのは無理もないし、大人たちに叱《しか》られる人間を増やしても仕方がないと思った。

とはいえ、直也には貸しがある。今日はそれを返してもらうつもりだった。

「あのさ、ムッちゃんには悪いけど、ぼく知らないよ……日本でまだ売られてないレコードを手に入れる方法なんて」

話を聞き終えてから、直也は蚊の鳴くような声で言った。二人は駅前のベンチに並んで腰かけている。屋台で買った焼き芋を半分手渡しても、直也の緊張は解けないようだった。

「お前に教えて欲しいわけじゃない」

喉のつかえを飛ばすように、進は息を吐いた。次の言葉がスムーズに出てこない。

「……アッコちゃんに訊いてみて欲しいんだ」

なるほど、と直也はうなずいた。アッコちゃん——直也の従姉《いとこ》の上野《うえの》厚子《あつこ》は、佐藤家に下宿している女子大生だ。進より三つ年上で、直也たちが代官山アパートに住んでいた頃から、夏休みになると泊まりがけで佐藤家へ遊びに来ていた。進や浩太にとっても幼馴染みのようなものだ。

ビートルズの来日公演も観に行った筋金入りのファンで、ファンクラブにも入っているという。新しいアルバムのことも何か知っているに違いない。

「分かった。お安い御用だよ。今夜アッコちゃんに訊いてみる……やっぱり、ムッちゃんの名前は出さない方がいいのかな」

進は眉《まゆ》を寄せて焼き芋をかじった。迷った末に首を横に振る。

「別にいい」

そこまで気を遣ってもらうことでもない。直接尋ねずに済むだけでもありがたい——。

「焼き芋、美味《おい》しそう」

よく通る声が上から降ってきた。進たちは同時に顔を上げる。黒髪を長く伸ばし、ジーパンとセーターの上にチェックのコートを着た若い女の人が立っていた。絵本のタヌキみたいに丸顔で黒目が大きい。まさに今、二人の口にのぼっていたアッコちゃんだった。

むっちりした体つきで、胸元と腰回りのコートの生地がぴんと張っている。つい目が行ってしまうけれども、なるべく見ないことにしていた。

「二人は相変わらず仲良しねえ。進くん、久しぶり」

進はどうにか頭を下げた。驚きのあまり心臓が口から飛び出しそうだ。普段厚子は駅のこちら側に来ないので、鉢合わせすることはないと高をくっていた。

「焼き芋屋さん、まだ近くにいるかな。お腹《なか》が空いたから、わたしも買って食べようと思ったんだけど」

ぐう、と豪快に腹を鳴らしながら屋台を目で探す。恥ずかしがる様子も見せなかった。焼き芋目当てだったとは。食いしん坊だということを忘れていた。

「これ、どうぞ」

進は湯気の立った焼き芋を差し出した。全部あげるつもりだったが、厚子は髪をかき上げながら、背をかがめて端の方だけかじった。ぞくっと進の背中に震えが走る。

この厚子が進の初恋の相手だ。そして二ヶ月前、進の告白を断った人でもある。

十月末、停学処分を受けた進がアパートでくさっていると、厚子が一人で見舞いに来てくれた。浩太くんにもあげてね、と手作りの大きなチーズケーキまで差し出してくる。そんな風に進を訪ねてくるのは初めてだった。

二人きりで向かい合い、甘ったるいチーズケーキを頰張っているうちに、長年の熱い思いが喉の奥からこみ上げてきた。

気が付くと、子供の頃から好きでした、付き合ってください、と頭を下げていた。厚子は面食らった様子でケーキの塊を呑《の》みこんでから、フォークを置いてきちんと背筋を伸ばした。

「わたし、お付き合いしている人がいるの」

目の前が真っ暗になった。今までどおり仲良くしようね、とその場で念を押されて、話はそこで終わった。もちろんそう簡単に「今までどおり」になれるはずもなく、厚子とはできるだけ距離を置いてきたのだ。

「ねえ、さっきわたしのこと、話してなかった？」

ベンチの横で厚子は首をかしげている。一瞬、進は直也とちらっと目を合わせた。ここで会ってしまった以上、直也を介して尋ねるのもおかしい。

仕方なく進が事情を説明する。昨晩ラジオでビートルズの新曲を聴いたこと、新曲が収録されている新しいアルバムを探していること——ぱっと厚子の顔が明るく輝いた。俺が告白した時もこうだったらよかったのに、と内心思った。

「わたし、その番組聴けなかったの。その……お友達には録音してもらったんだけど。すごいなあ。羨《うらや》ましいなあ」

進の頬がひとりでに緩む。まるで自分が褒められているみたいだ。錯覚だけど。

「その新しいアルバム、まだ題名も分からないみたい。音楽雑誌にも情報が載ってないの。でも、もうイギリス盤を売ってる輸入レコード屋があるらしいって、昨日会ったビートルズファンの子が話してたわ。すぐに連絡を取って、確かめてみる」

「……ありがとう」

「ううん。こんなに近くでビートルズのファンが増えたんだもの。とっても嬉《うれ》しい」

ちょうど駅のロータリーに焼き芋屋の屋台が戻ってきて、厚子は屋台に向かって走っていった。

しばらくの間、残り香があたりにふわふわ漂っていた。進は厚子のかじった跡ごと焼き芋の残りを口に放りこんだ。

「アッコちゃん、親切だよな」

進は思わずつぶやいた。この親切はただビートルズのファン同士だからなのか。ひょっとすると、少しは自分にも脈があるのかもしれない。恋人がいるとは言っていたが、今もうまくいっているとは限らないわけで。

「まあ、弟だからね、ムッちゃんは。恋人の」

隣で直也が言う。ロータリーの向こうで、焼き芋の袋を抱えた厚子が大きく手を振っている。進たちがそれに応《こた》えると、彼女は弾んだ足取りで踏み切りの方へ去っていった。なるほど、弟だからか。恋人の。それなら納得――いやいやいやちょっと待て。

恋人の弟？

「それ、何の話？」

「えっ？」

直也が目を丸くする。

「アッコちゃんが付き合ってるのって、浩太くんだろ。ムッちゃんのお兄さん」

進の全身から血の気が引いていった。

死にたい。

代官山アパートの薄暗い自分の部屋で、進はうつぶせになったまま微動だにしなかった。今年はツイていないと思っていたけれど、ここまで落ち込むのは今日が初めてだ。

直也の話では二人が付き合い始めたのは春からだった。厚子が上京して大学に入るのと同時に、浩太から告白したのだ。子供の頃から好きでした——なんと告白の台詞《せりふ》まで兄弟一緒だったらしい。彼女も喜んで受け入れ、佐藤家の従兄弟《いとこ》たちに詳しく報告した。

ただ、二人とも成人するまでは、節度を保った関係でいようと話し合ったという。だから今はあまり行き来もしていない。美人のアッコちゃん相手によく理性を保っていられる、浩太くんは本物の紳士だと佐藤兄弟は賞賛しているそうだ。

「ムッちゃんは当然知ってると思ってたんだ」

と、直也は申し訳なさそうに言っていた。

「だから、アッコちゃんに告白したって聞いた時、ぼくは凄いなって思ったよ。どう考えても無理って分かっていても挑戦した、ムッちゃんは強い人なんだなって」

どう考えても無理と思われていたことが何よりショックだった。そういえば兄は進より頻繁に電話や手紙で厚子とやりとりしていた。昔からずっとそうだったので、何の疑問も抱いていなかった。

きっと進が厚子をどう思っているか、兄にはお見通しだったに違いない。だから付き合い始めても黙っていたのだ。進の方は兄の気持ちなどまったく知らなかったし、知る必要も感じていなかった。

「ちくしょう……くそ、死にたい！」

言葉を絞り出しながら、進はむしろ力強く床から立ち上がった。

どんな感情でも口に出すと少しは心が落ち着く。もちろん、今死ぬわけにはいかない。なにがあろうとも、ビートルズの新しいアルバムを聴かなければ。

途端に腹が鳴った。最低の気分でも空腹にはなるのだ。

食事の支度ができたとさっきから何度も母親が呼びに来ている。靴を履いてアパートの一階に降りる。

今夜のメニューはすき焼きだった。肉料理の苦手な父の前にだけ煮魚の皿が置かれている。大きな座卓の前についた時には、もう食事は始まっていた。無言で生卵をかき混ぜる進に、誰も話しかけてこない。兄の浩太が隣で喋《しゃべ》り続けていたからだ。

「父さんは頭が固すぎるよ。今の学生たちだって、最初から武力闘争を選択したわけじゃない。当局が機動隊を使って武力で押さえつけようとしたから、彼らもエスカレートせざるを得なかったんだ」

「若い連中はすぐそう言うな。学生を焚《た》き付けてるのは所詮《しょせん》アカの連中だ。どんな理屈をこねていても、結局は暴力革命を起こして日本を支配しようとしているじゃないか」

ビールのグラスを持った父がすかさず反論した。肉のだぶついた首筋がアルコールで赤く染まっている。小さな会社を経営している父は、取引先と外食することも多い。ずっとそういう生活を送ってきたせいか、最近はだいぶ体つきが丸くなった。いくつになっても髪をポニーテールにして、あまり外見が変わらない母とは好対照だ。

「敗戦後の日本はずっとアメリカに支配されているよ。無益なベトナム戦争にまで協力する羽目になっている。父さんたちの世代だって米軍の北爆が正義だとは思わないだろう」

「お前も子供だな。戦争に正義なんて期待しても無駄だ。父さんの世代は嫌というほど知っている。アメリカは正義じゃないが、だったら北ベトナムは正義か？　中国やソ連だって正義のために北ベトナムの肩を持ってるわけじゃないさ」

最近、食事のたびに父と兄は政治について口論している。だいたい兄から話を吹っかけていき、平行線のまま終わる。進には二人が楽しんでいるだけにしか見えない。テニスのボールみたいに言葉が行ったり来たりしているだけだ。

二人の大声に遮られて、他の家族は何も喋ることができない。それでも、祖父母や母は微笑《ほほえ》みながら二人の話に耳を傾けている。まるでこれも幸せの一部だと言わんばかりに。

苛立《いらだ》っているのは進一人らしい。

気を鎮《しず》めようと、目を閉じてラジオで聴いたビートルズの「バースデイ」を思い返す——イントロまではうまく行ったが、隣から聞こえる兄の声がジョンとポールのボーカルに混ざる。いつのまにか頭の中に流れる曲は、去年まで兄がよく歌っていた「星のフラメンコ」になってしまった。

好きなんだけど　離れてるのさ
遠くで星を　みるように
好きなんだけど　だまってるのさ

中途半端《はんぱ》な浩太の鼻声は、耳にべったりとへばりつくようだった。

今思うと、まだ上京していなかった厚子への思いを歌っていたのだろう。あまりにも同じ歌詞ばかり繰り返していたので、耳障《みみざわ》りを通りこして不気味になったものだ。テープレコーダーが壊れでもしたのかと、兄の部屋まで確認しに行ったことがある。

いや、兄貴の歌なんかどうでもいい。今、自分に必要なのはビートルズだ――。

「進だって今の政治と無関係じゃないぜ」

突然名前を出されて、進は浩太の横顔を見た。

「火炎瓶を拾っただけで警察に捕まって、学校からは停学処分だ。こいつの学校には活動家も少ないから、処分の反対運動も起こらなかった。権力の横暴に振り回された挙げ句、学校で孤立してる……かわいそうな奴《やつ》だよ」

かわいそう、という言葉が進の耳に突き刺さる。腹の底から怒りが湧《わ》き上がってきた。

「さっきから隣でガタガタうるせえな！」

拳《こぶし》を握って座卓を力いっぱい叩《たた》いた。皿や小鉢が音を立てて跳ねる。

「少しは黙れ！　星のフラメンコ！」

兄の鼻先に人差し指を突きつける。最後まで揺れていたビール瓶が止まり、部屋がしんと静まり返った。

「……星の、フラメンコ」

浩太は戸惑い気味につぶやいた。進の首筋にどっと汗が噴き出る。肝心なところで間の抜けたことを言ってしまった。

「進、そんな口の利《き》き方があるか」

父の厳しい声が飛んでくる。進は立ち上がって部屋を飛び出した。怒りよりも恥ずかしさでいたたまれなかった。

玄関で靴を突っかけた時、下駄《げた》箱に置かれている電話機がけたたましく鳴った。普段ならともかく、今は出る気がしない。扉を開けて敷居をまたいだところで、ふと足が止まった——ひょっとしたら。

進は後戻りして受話器を取った。

「はい、杉岡です」

家族のいる部屋の方を窺《うかが》いながら小声で言った。

「あっ、ムッちゃん？　直也だけど」

虫が知らせたとおりだった。襖のかげから母が現れる。電話に出ようとしたのだろう。進は背を向けて送話口を手で覆《おお》った。

「……なんかあったのか？」

だからこそ電話してきたのだろう。ビートルズのアルバムのことでなにか情報が入ったら、すぐに連絡してくれるよう頼んであった。

「さっきアッコちゃんが友達の家に電話したんだ」

進は相づちを打って先を促した。厚子から直接話を聞かないのは、もちろん進の方に心の準備がないからだ。昼間のことがまだ尾を引いていた。

「その友達が、渋谷の小さな輸入レコード屋で、ビートルズの新しいアルバムが飾られているのを見たらしいよ。まだ売られていると思う、ってさ」

次の日の放課後、進は渋谷の道玄坂にいた。バーや喫茶店の並ぶ百軒店《ひゃっけんだな》の細い路地を進むと、「輸入ＥＰ＆ＬＰレコード」の小さな看板がかかっている建物があった。

「ここだと思うよ」

手元のメモを見ながら直也が言う。厚子から店の場所を聞いたのは自分だからと、わざわざ渋谷まで一緒に来てくれたのだ。いよいよ対面できると思うと緊張する。

店は二階にあった。狭い階段を踏みしめて、そっけない鉄の扉を開ける。聴いたことのないロック・ミュージックが耳に刺さった。ビートルズではなさそうだ、ということしか分からなかった。

狭い店内の棚にはびっしりとレコードが収まっている。紺色のダッフルコートを着た大学生らしい若い男が、慣れた手つきで次々とレコードをめくっている。客は一人だけだった。

奥にあるカウンターから、長髪に髭《ひげ》を生やしたヒッピー風の店員が進たちを無遠慮にじろりと見た。突然入ってきた高校生二人を不審に思ったのかもしれない。

目当てのアルバムがどれなのか、進には全く分からない。仕方なく店員のいるカウンターへ歩いていった。

「ビートルズの新しい二枚組のアルバム、ここに置いてありますか。先月、イギリスで発売されたっていう……」

店員の目が細くなった。教えてくれるのか不安になったが、意外にあっさり背後を振り返った。

「そいつのことかな」

進はぽかんと口を開けた。雪みたいに真っ白なレコードジャケットが壁の棚に飾られていた。題名はどこにも見当たらない。ただ「The BEATLES」と小さな浮き彫りの文字が入っているだけだ。こんな美しいレコードジャケットを見たのは生まれて初めてだ。

「凄い……」

つい声が洩《も》れた。この中に一昨日聴いた曲の数々が収まっている、そう思うだけで胸が躍った。絶対に今すぐ欲しい。

「そうだよな。アルバムの題名も『The BEATLES』。下の方に七桁《けた》の小さな数字が入ってるだろ。これは通し番号で、一枚一枚数字が違うんだぜ」

なぜか自分の手柄のように語る店員の言葉を、進は上の空で聞いていた。

「それ、いくらですか」

「なかなかお高いよ。二枚組だしね。うちは五千円で……」

「買います」

進は学生鞄《かばん》を開けて、封筒を取り出した。輸入盤レコードの大まかな相場は、厚子からの情報で分かっている。五千円は郵便局に貯金していたお年玉のほぼ全額だった。もちろん貯金を下ろしたことは家族に言っていない。昨日の夕食以降、まったく口を利いていなかった。後で何か言われるかもしれないが、今はどうでもよかった。ここで買わなければ売り切れてしまうかもしれない――。

「待った待った、そいつは売り物じゃない」

差し出した封筒が店員に押し返された。

「ここの店長の私物なんだ。他にも何枚かお客さん用に仕入れたけれど、そっちは全部売れちまってね」

「……お金なら、あります」

「いや、そういう問題じゃない。俺はアルバイトで店長じゃないから、たとえ売りたくたって売れない。そもそも、ここにあるのはジャケットだけで中身は空っぽだ。レコードの方は店長の家だよ」

その場にへたりこみそうになった。中身のレコードがないなら、この店で聴かせてもらうことすらできない。

「悪いね。よかったら、他のレコード買っていきなよ。ビートルズの前のアルバムもいいぜ。これ以外ならだいたい揃《そろ》ってるからさ」

進はのろのろと向きを変えた。欲しいのはそこにある二枚組だ。真っ白に輝く「The BEATLES」。他のアルバムなら今は要らない。

「ビートルズ以外では、クリームなんかもいかしてるぜ。今かかってる曲、クリームの『ホワイト・ルーム』ってんだけど最高に」

扉が閉まり、店員の言葉が途切れた。進たちは建物の外に出る。これからどうしたらいいだろう。他に置いてありそうな店を探すか——でも、輸入レコード屋の場所なんてまったく知らない。

「ねえ、君」

声をかけられて振り向くと、さっき店にいたダッフルコートの男が、LPレコードの詰まった袋を提げていた。

「ビートルズの新しいアルバム、買いに来たの？」

進は黙ってうなずいた。男は口元に拳を当ててしばし考えこんだ。

「僕もビートルズを昔から聴いていてね。大学では軽音楽部に入っているんだけれど、洋楽ファン同士でよくレコードの交換とか個人取引をしているんだ」

「……はあ」

とりあえず小声で相づちを打った。話がまったく見えない。

「それでさ、実はこれから喫茶店で会う大学の友達が、あのアルバムのイギリス盤をこの店で買った客の一人なんだ。そいつ、後先考えずに買ったものだから、金に困っちまってね。僕に五千円で売りたいって言い出したんだ」

男は微笑《ほほえ》みながら顔を近づけてきて、小声で囁きかけた。

「ただ、僕も今は前ほどビートルズの熱烈なファンってわけじゃない。もしよかったら……君に買う権利を譲るけど、どうする？」

「え……」

一瞬、進の頭が真っ白になった。どう反応していいのか分からなかった。本当にこんな幸運があるんだろうか。

「まあ、いきなり返事のしようがないよね。まずはレコードを君に見てもらう。すぐ取引しなきゃいけないわけでもないから、二、三日かけてじっくり決めてくれて構わない……とにかく、友達を連れてくるよ。そこの稲荷《いなり》神社で待っててくれないかな」

男の指差した先には赤い鳥居があった。決して悪い人には見えないが、用心する必要はある。とにかくレコードを見るだけなら、こちらに損はないだろう。進はこくりとうなずいた。すぐに戻ってくるから、と言い残して、ダッフルコートの男は去っていった。

「よかったねえ、ムッちゃん。レコードが手に入りそうで」

鳥居をくぐった後で、直也が弾んだ声で言った。二人は人気《ひとけ》のない境内《けいだい》に立ち止まる。

「……だといいけどな」

慎重な言葉とは裏腹に、進はこみ上げる笑いを抑えきれなかった。あの大学生がこんな嘘をつく理由が思い当たらない。本当に本当に今日、あのレコードが手に入ってしまうかもしれない。日本のビートルズファンがまだほとんど聴いていない、あの真っ白な「The BEATLES」が。今年はツキがないと思いこんでいたけれど、ここへ来て最高の大逆転だ――。

ただ、多少の引っかかりは覚えていた。

アルバムを持っている友達が近くの喫茶店にいるなら、進をそこへ連れていけばいい。どうして神社の境内で待ち合わせるんだろう？

「お待たせ、連れてきたよ」

明るい声が路地の方から聞こえた。進の唇から笑みが消える。ダッフルコートの男が連れてきたのは一人ではなく、三人だった。肩まで伸びた長髪がべったりと地肌に張りついている。着ている革のジャケットやセーターも垢《あか》じみていて、まともな大学生には見えなかった。ダッフルコートの男と一緒に境内に入った「友達」は二人だけだ。一人は鳥居のそばに留まっている。

誰もレコードなど持っていなかった。

「もう少し奥で話そうか。ここだと人目もあるし」

ダッフルコートの男が愛想よく言った。進は思わず一歩後ずさる。石でも呑みこんだように肚《はら》の底が重くなった。

（やられた）

この男が嘘をつく理由はある。進の鞄にはレコードを買うための現金がまだ入っている。さっき店の中で封筒ごと晒《さら》してしまった。

「直也、お前は今すぐ逃げろ」

幼馴染みに小声で囁いた。

「えっ、何言ってるの。ムッちゃ……」

「悪いけれども、レコードはなかった」

ダッフルコートの男は淡々と言う。それがかえって不気味だった。見た目は小綺麗《こぎれい》な大学生だが、たぶん中身はただのチンピラだ。進たちを人気のない境内へ移動させておいて、近くにいた仲間を呼んできたわけだ。

「でも、金は置いていってくれ。君みたいな子供には過ぎた額だろう」

直也は青ざめた顔で進の方を向く。ようやく状況を理解したらしい。

そして次の瞬間、ためらいもなく路地に向かって駆け出した。鳥居の前にいた見張りの脇も素早くすり抜け、進を振り返りもせずに逃げ去ってしまった。新宿で警察から逃げた時と同じだ。

自分から言い出したこととはいえ、あまりの逃げ足の速さに唖然《あぜん》とした。よほど怖かったんだろう。でも、少しは一緒に逃げようとしてくれてもいいじゃないか。

「あのガキはいい。金を持ってるのはこっちだ」

ダッフルコートの男が仲間たちに言った。この男がリーダーらしい。進は歯を食いしばる。今は人通りが少ないとは言え、まったくないわけではない。大声を出せば聞きつけてくれる人がいるかもしれない。繁華街だから交番のパトロールも多いはずだ。息を大きく吸いこんだところで、ダッフルコートの男が飛び出しナイフを握っていることに気付いた。

「こんなことで怪我《けが》したくないだろ。まあ、穏便に行こう。さっきの封筒を出せば、すぐに話は終わるさ」

ナイフはたぶんただの脅《おど》しだ。けれども、もし本気だったら。強張《こわば》った喉からはどうしても声が出なかった。

ぴんとナイフの刃が動いて、早く金を出すよう促してきた。進は仕方なく鞄を開け、紙幣の入った封筒を摑んだ。脅迫されているのだから仕方がない。ツキがなかったと思って諦《あきら》めるしか——。

突然、尖《とが》ったドラムとギター・リフが体中に鳴り響いた。ビートルズの「バースデイ」。急に胸に温かみが戻ってきた。止まっていた心臓が動き始めた気分だった。

「……冗談じゃない」

口の中でつぶやいた。ここで金を差し出したら、あのアルバムを二度と買えなくなる。来年もツキがなかったとぼやきながら過ごしていくのか？　そんな人生が来年も、その先もずっと続くかもしれない。

冗談じゃない。

そんなの、死んでもごめんだ。

進は顔を上げて、自分を取り囲む男たちを一人ずつ見つめた。どいつもこいつも最低の顔つきだ。ビートルズのあのアルバムとは対極にいる。

封筒から出した五千円札を、顔の横にまで持ち上げる。冬の風に煽《あお》られて、旗のようにばたばたとなびく。次の瞬間、ぐしゃりと丸めて口の中に放りこんだ。ガムのように嚙《か》みしめながら二つの拳を握って構える。

「このガキ、ふざけやがって！」

抵抗する間もなく三人に摑《つか》みかかられ、硬い地面に頰を押し付けられる。一瞬で眼鏡が吹き飛んだ。口の中にある紙幣を急いで吞みこもうとすると、何本もの指が上下の歯の間に差しこまれた。反射的にがぶりと嚙みつく。

「いってえ！」

ざまあみろと思った次の瞬間、頰骨を拳で殴りつけられた。視界がぐるりと半回転する。

「口を開けろ。すぐに」

鼻筋に冷たい刃が押し付けられる。進は唇を結んだまま、口の中いっぱいに広がる血の味に耐えていた。断る、と両目で拒絶した。

遠くから絶叫が近づいてきたのはその時だった。最初は発情した猫かと思ったが、いくら何でも声が大きすぎる。それに、よくよく耳を傾けると人間の言葉を発していた。

「ムッちゃんを、はなせえええええ！」

小柄な坊主頭が境内に駆けこんでくる。逃げたはずの直也だ。一体どこで拾ったのか、両手に持った空のビール瓶を激しく振り回し始める。驚いた男たちがぱっと進から飛びのいた。

「はなせええ！　はなせええ！　はなせええ！」

男たちが手を放したにもかかわらず、直也の金切り声は止まなかった。起き上がろうとする進の鼻先を瓶の底がかすめていく。あまり周りが見えていないらしい。ぐしゃぐしゃに顔を歪《ゆが》めて、涙まで流している。勇気を振り絞ってくれたことは伝わった。とても嬉しかったが、これでは進も逃げられそうにない。

どうしたものかと思った時、

「お前たち、何をやっているんだ！」

そこへよく通る別の声が響き渡った。大柄な制服警官が鳥居の外で自転車から飛び降りるところだった。直也の絶叫を聞きつけたのだろう。

見張り役の男はいつのまにか姿を消している。ダッフルコートの男は悔しげに舌打ちしてから、猛然と警官の方へ駆け出した。この境内からの出口は一つしかない。逃げるつもりだったのだろうが、あっさりとコートの襟元を掴まれて地面に叩きつけられた。残った二人の男は、その間に一目散に逃げ去っていった。

進は氷嚢《ひょうのう》を頬にあてたまま、窓際《まどぎわ》に干された五千円札を眺めている。肖像画の聖徳太子が別人に見えるほど皺だらけだが、どこも破れてはいない。銀行に持っていけば新札に替えてもらえるはずだ。

歯が一本折れているせいか、頬の腫《は》れは二日過ぎてもあまり引かなかった。

進から金を奪おうとした連中は、あの後全員逮捕されて留置場に入れられた。警察から聞いた話では、道玄坂一帯で恐喝を繰り返していた悪質なグループらしい。ダッフルコートの男が言葉巧みに誘い出して、人気のないところで脅しをかけるのだ。ただ、連中がふだん標的にしていたのは若い女子学生だという。

もし厚子があの店に行っていたら、被害に遭っていたかもしれない。そう思うと、自分が彼女のために連中を退治した気がする。まあ、錯覚だけど。

色々あったが、結局ビートルズの白いアルバムは手に入っていない。来年、日本盤が出るまで待つしかなさそうだ。

もし今、「The BEATLES」の曲を聴ければ最高なのに。

「……進」

隣の部屋から浩太の声が聞こえてきた。

「話があるんだ。こっちへ来いよ」

相変わらず兄とは口を利いていなかった。もう腹を立ててはいないが、何となくタイミングを逃してしまっていた。

進は答えなかった。話があるんなら自分が来ればいいじゃないか。そう言い返そうか迷っていると、襖が開いて兄が入ってきた。いつも通り黒いハイネックのセーター姿で、なぜかオープンリールのテープレコーダーを抱えている。

「お前に謝ろうと思ってさ」

浩太の言葉に進は目を丸くした。どういう風の吹き回しだろう。兄が謝ってくることなんて滅多にない――謝るような失敗をしないからだが。

「この前、かわいそうだなんて言って、すまなかった……お前は強い人間だ。そうわきまえて接するべきだった。せめて今年の春から、そうするべきだったんだ」

厚子との交際が始まった頃から、と言いたいらしい。話をしながら、なぜか床にテープレコーダーを置いて、電源プラグをコンセントに挿している。進はわけも分からずに兄のすることを見守った。

「それ、なに？」

やっと進は口を開く。三日ぶりの兄弟の会話だった。

「お詫《わ》びだよ。しばらく貸しておく」

そう言い残して、兄は出て行った。一人になってから、進はテープレコーダーの前に座った。何かのテープがセットされている。とりあえず再生ボタンを押した。

いきなり大音量で流れてきたのはビートルズの「バースデイ」だった。進は思わず浩太の部屋の襖を振り返る。どうして兄貴がこんなテープを持っているんだろう。

（わたし、その番組聴けなかったの。その……お友達には録音してもらったんだけど）

頭をよぎったのは厚子の言葉だった。そうか、と進は納得した。てっきり友達というのはビートルズのファンだと思いこんでいた。恋人に録音してもらっていたのか。

進は寝転がって目を閉じ、ゆったりと音楽に身を委《ゆだ》ねる。

番組が進んで「オブ・ラ・ディ、オブ・ラ・ダ」という曲が始まった。叩きつけるようなピアノのイントロが耳に心地いい。そして「オブ・ラ・ディ、オブ・ラ・ダ」というサビの繰り返し。この前は能天気すぎると感じたけれど、今聴くと他の曲と同じぐらい素晴らしい。今度直也にも聴かせようと思った。まだ助けてもらった礼をきちんと言えていない。

今年降りかかった不運——停学のこと、失恋のこと、殴られたこと。すべてがどうでもよくなっていく。傷の痛みまで消えていくようだった。

まあ、なにはなくとも音楽がある。来年はきっといいことがあるはずだ。今はそれを信じられる。少なくとも「The BEATLES」は発売されるじゃないか。

人生は続くだろう。きっと長く。

どれぐらい長いか、想像もつかないほどに。

この部屋に君と　一九七七

見始めた時から夢だと分かっていた。

竹井は代官山アパートの敷地にある坂を上って、自分の住む棟へ帰ろうとしている。地面は黒々とした影に覆《おお》われているが、コンクリートの建物は温かな西日に照らされていた。どこを向いても汚れやひびは見当たらない。買ったばかりの積み木のようだった。

三階の窓に紺縞《こんじま》の着物を着た妻の八重が見えた。結婚したばかりの頃、よく身に着けていたものだ。八重は若々しく、身ごもっているのがはっきり分かる。

娘の恵子が生まれる直前、本当に目にした光景だ。窓を閉めようとしていた八重が竹井に気付く。若い娘のように手を振ろうとして、急に気恥ずかしくなったのか、ぎこちなく頭を下げてきた。

下から声をかけようと息を吸いこんだ途端、激しく咳《せ》きこんで現実に引き戻された。

竹井はベッドの上で背中を丸めていた。肺よりも背中が刺すように痛んだ。誰かがさすってくれている。薄目を開けると目の前に白髪頭の八重の顔があった。

「痛みますか」

首を振って大丈夫と答える。口に出すと少し痛みが治まってきた。

ここは代官山アパートの一階だ。竹井は背もたれにしていた大きなクッションに体を預けた。まだ昼過ぎのはずだが、部屋の蛍光灯が点《つ》いている。この姿勢で話をしているうちにうとうとしていたらしい。

竹井は病院から一時帰宅している。鳩尾《みぞおち》にこれまでにない痛みを覚えて、初めて診察を受けたのが去年の秋。医師には別の病名を告げられたが、嘘《うそ》だということはすぐに分かった。最初に同じ症状を訴えて、一年後に亡《な》くなった知人がいたからだ。入院後にしつこく問いただすと、最近になって末期の胃癌《いがん》だと認めた。

不思議とあまり驚きはなかった。七十七の喜寿も過ぎて、来るべきものが来たという気分だった。ただ、長年暮らしていた代官山アパートに、どうしても一度帰りたくなった。八重たちも説得してくれたのだろう。今日から一晩の外出許可が下りた。

「おじい、ちゃん！」

舌足らずだがよく通る声で話しかけられる。襟の付いたよそ行きのワンピースを着た女の子が、ベッドの縁に両手を突いていた。曾孫《ひまご》の千夏《ちなつ》だった。まだ三歳になっていないはずだが、体が大きく鼻筋もくっきりしている。幼い頃の恵子に外見はよく似ていた。

「おじいちゃん、じゃなくて、ひいおじいちゃんだよ」

背広を着た孫の浩太が笑いながら訂正する。すみません、お疲れなのに、と言って浩太の妻が抱き上げようとした。

「いいよ、厚子さん。そのままで」

竹井は手で制した。さっきまで自分が何をしていたのか、ようやくはっきり思い出せた。上京してきた孫の浩太たちと話していたのだ。

浩太は大学を卒業して商社マンになり、学生時代から交際していた厚子と三年前に結婚した。今は娘と三人で神戸に住んでいる。盆休みに帰省できなかった埋め合わせだと言い訳していたが、九月末の半端《はんぱ》な時期にわざわざ三人で上京した理由になっていない。このアパートで竹井と会える最後の機会だと思ったのだろう。

この一時帰宅が終われば、竹井は二度と病院から戻ってこられない。おそらく家族全員がそのことを分かっている。

「おじいちゃん、ねんねしてたの？」

千夏が人懐《ひとなつ》っこく尋ねてくる。いや、この子だけは別だ。命が尽きることを二歳児に理解できるわけがない。竹井は頰を緩ませて、二つ結びにした髪を撫《な》でた。

「もう起きたよ。久しぶりに、うちへ帰ったから、安心して居眠りしていた」

我ながら力のない、かすれた声だ。なるべく聞き取りやすいように言葉を句切った。

「あんしん？」

「ほっとする……嬉《うれ》しい、ってことだよ」

「おうち、うれしい？」

曾孫の言葉に、なぜかはっと胸を衝かれた。

「そう、嬉しいよ、恵子」

千夏はきょとんとしている。竹井はため息をついた。それは娘の名前だ。これまで家族の名前を間違えたことは一度もなかったのに。

いつのまにか、竹井の意識はまた遠い過去に飛んでいた。

よちよち歩きの恵子と手を繋《つな》いで、夕方のアパートの階段を一歩ずつ上っている。丈の短いワンピースは八重の手作りだ。最初の踊り場に着いた途端、ぐんと背も髪も伸びてランドセルを背負った小学生になった。夢だけあって時代も簡単に飛び越える。

ランドセルを揺らしながら、一段飛ばしで駆け上がっていく。

二階に着いたところで立ち止まり、ダンサーのようにくるりと回る。一瞬でモンぺをはいた女学生に成長した。今度は肩を落としてのろのろと階段を上っていく。戦時中、出征していく俊平を見送った日の恵子だ。

あの頃、竹井は娘が誰に思いを寄せているか気付いていた。かける言葉もなく、俊平の無事を祈ることしかできなかった。

最後の踊り場を過ぎると、今度は鮮やかな青のワンピースを着て、髪をポニーテールにした若妻に変わっていた。かつて竹井とそうしたように、幼い浩太と手を繋いで三階まで上っていった。

恵子はかつて竹井たちが住んでいた部屋の扉を開けて、中へ入っていった。まばゆい夕日が廊下に溢《あふ》れている。竹井も三階に上がり、オレンジ色の光に足を踏み入れる。

そうだ、と心の中でつぶやいた。

ここが本当のわが家だ。自分はここへ帰ってきたかったのだ。

目を開けると部屋の中は薄暗かった。もう浩太たちの姿はない。八重が一人ベッドのそばに座って、竹井のタオルや下着を畳んでいる。

喉《のど》が渇いていた。サイドテーブルに置かれていたガラスの吸い呑みに手を伸ばすと、気配を察した八重が振り返った。黙って膝立《ひざだ》ちになり、唇に吸い口をあてがってくれる。

「ありがとう」

一口飲んでから礼を言った。

「浩太たちは？」

「渋谷へ買い物に」

二人は口をつぐんだ。網戸の外からさらさらと葉ずれが聞こえる。

「もう夕方かい」

いいえ、と答えながら、八重は柱時計を見上げた。

「まだ三時過ぎです」

敷地中に植えられた木々のせいで日光があまり入らない。ここへ入居した頃は細い若木ばかりだったのに、五十年後の今は建物よりも高く育っている。まるで森の中にいるようだった。

「三階は、日当たりもいいだろうね」

増築をきっかけに竹井たちは住まいを一階に移した。二階には俊平と恵子が住み、三階は孫の浩太と進が使うようになった。浩太が結婚と同時にアパートを出てからは、進が一人で独占している。

竹井は天井に目を向けた。瞼《まぶた》の裏には夢で見た赤い夕日がちらついている。この十年ほど、三階へわざわざ行くこともなかったが、こうしていると胸をかきむしられるようだ。

（おうち、うれしい？）

千夏にそう訊《き》かれても、すぐには答えられなかった。せっかくこのアパートへ帰ってきたのに、帰ってきた気がしない――。

「……帰ってきた気が、しませんか」

妻の言葉に息を呑《の》んだ。枕元《まくらもと》にいる彼女も天井を見上げている。この無口な妻は竹井の心を正確に読む。もともと似た性格で、長年連れ添ったせいだろう。病床でも不自由なく過ごせているのは彼女のおかげだ。

「ああ……しない」

次の言葉は言い出しかねた。一人で三階へは行けない。ただでさえ介護で疲れきっている妻に、これ以上の面倒はかけたくなかった。

「三階へ行ってみましょうか」

八重は淡々と申し出る。竹井は返事を避けて苦笑した。

「ここに住み始めた頃は、三階になんて住みたくなかったのに」

高層マンションなどなかった時代だ。下を見ると目がくらむようで落ち着かなかった。けれども夕方に帰り着くあの部屋は、最初からかけがえのない場所だった。ここに移り住む前から、あんな光景を思い描いていた気がする。

八重は一つうなずいたきり、黙って竹井の言葉を待っている。本当に連れていってくれるかい、と聞き返す必要はなかった。心にもないことを気遣いで申し出るような妻ではない。

「ありがとう。頼むよ」

竹井は頭を下げた。


三階へ向かうのは容易ではなかった。

竹井は自力で用足しにも立てない体だ。パジャマにカーディガンを羽織り、八重に支えられて玄関まで辿《たど》り着くにも時間がかかった。置いてあった踏み台に腰かけて息を整える。

今、アパートにいるのは竹井と八重だけだ。恵子は夕飯の買い物に、俊平は会社に行っている。手伝ってくれる家族はいない。仮にいたとしても危険だと反対されるだろう。

「進は、上にいるのかい」

「浩太たちが来る前、どこかへ出かけました」

靴を履かせながら、八重が答える。

「もしいたら、手伝ってくれるでしょうけれど」

竹井にはそう思えなかった。むしろ誰よりも反対しそうだ。

大学を卒業後、進は大手のビール会社で働いていたが、今年の夏が来る前に退職してしまった。この数ヶ月新しい仕事も探さずにぶらぶらしている。恵子の話では寝起きしている三階へ他人を上げるのを極端に嫌がるという。病院に見舞いに来ても、いつも物憂《ものう》げで無愛想だ。いかにも今時の若者という風で、なにを考えているのかよく分からなかった。

靴を履くのは久しぶりだった。足の裏の感触が懐かしい。いかに健康から遠ざかっているかを実感する。

扉を開けて外へ出る。一階の共用部分にも、建物の前にも人の姿はない。何十年も前から見慣れた光景だ。外からかすかに銀杏《ぎんなん》の臭《にお》いが漂ってくる。

片腕を手すりに置いて、もう片腕を八重の肩に回した。夢で見た恵子や浩太よりも頼りない足取りで、階段を一歩ずつ上っていく。

手足の関節がねばりつくようだ。たちまち息が切れて、最初の踊り場で立ち止まる。八重も同じだった。小柄な彼女が背の高い竹井を支えるのは難しい。そもそも年齢も竹井と変わらないのだ。

アパートの壁や手すりには長年の汚れが染《し》みついている。すっかり古びたと思っていたが、自分たち人間の方が早く老いた。竹井がいなくなったとしても、取り壊さない限り建物はここに残り続けるだろう。なるべく頑丈な建物を、と望んでここを住まいに選んだのだ。

「二人とも、何してるんだよ」

鋭い声が下から飛んでくる。振り向くとジーパンの上に派手な柄のシャツを羽織った孫の進がこちらを凝視している。パチンコ帰りらしく、缶詰の詰まった紙袋を片手に抱えていた。

竹井より八重が驚いたらしい。夫の腰を支えていた腕の力が一瞬緩む。とたんにぐらりと体が後ろに傾いた。三階まで延びていく手すりが遠ざかっていき、その後はなにも分からなくなった。

竹井はまた夢の中にいた。

地割れに躓《つまず》かないように注意しながら、夕方の国道をのろのろ歩いている。引きずっている右足にはもう感覚がない。骨に異常はないはずだが、腫《は》れは引かなかった。野宿しながら日中歩き続けているのだから当たり前だ。

あたりの家々はすべて倒壊して、筵《むしろ》をかぶせた死体が路肩にずらりと並んでいる。生き残った人々も、肩を落として焚火《たきび》を囲んでいた。家財道具を積んだ馬車や、軍用らしい自動車が竹井を追い抜いていく。

悲惨な光景の中で、沈んでいく夕日だけが美しい。竹井は温かなまばゆい光に向かって歩いていく。

これは関東大地震の時の記憶だ。

勤めていた大手町の貿易会社は無事だった。竹井は倒れてきた書類棚に足を挟まれたが、他に怪我人《けがにん》も出なかった。

心配だったのは婚約者の愛子だった。姉の八重と女二人で茅ヶ崎で暮らしている。東海道線が復旧する見込みはない。歩いて安否を確かめに行こうと、怪我を押して次の日に出発した。

多摩川を渡ってくる避難民からは、朝鮮人が横浜で暴動を起こしているという不穏な噂《うわさ》を聞いた。しかし通りすぎた市街地は一面の焼け野原で、疲れきった被災者たちがいるばかりだった。殺気立った日本人の自警団に何度も誰何《すいか》されて、鎌《かま》や竹槍《たけやり》を突きつけられた方がよほど恐ろしかった。

地震の被害は東京よりも神奈川の方が大きいように思えた。

果たして婚約者は無事なのか、不安は膨らんでいったが、それで足が早まるわけではない。きっと無事だと信じて、竹井はかわりに将来のこと——彼女と結婚した後のことを考えていた。

(できるだけ、頑丈な家に住もう)

まっさきにそれが頭に浮かんだ。地震や火事でもびくともしない家へ、仕事が終わったら毎日帰っていくのだ。子供が産まれて育っていき、自分たちが老いても安心できる、そんな家であの人と生活を続けていこう。

これだけ悪いことが起こったのだ。きっとこれからはいいことが起こるに違いない。

竹井はそう自分に言い聞かせていた。

「……何があっても絶対安静にすることが、一時帰宅の条件だってお医者様にも言われていたじゃない。いくらお父さんが言い出したからって、万が一のことがあったら取り返しが付かないのよ」

押し殺した声がどこかから聞こえた。薄目を開けると竹井はアパートの一階にいる。ブラウスと細いズボンを身に着けた娘の恵子が、同じ部屋で八重と膝《ひざ》を突き合わせていた。若々しいいでたちだが、短くカットした髪は不自然に黒い。最近、白髪染めを使い始めたと聞いていた。

八重は表情を変えずにじっとしている。言い返すでもうなずくでもなく、ただ耳を傾けているだけだった。

「進がちょうど来合わせなかったら、お父さんはどうなっていたか……とにかく、二度と危ない真似《まね》はしないでね。お母さんだって若くないんだから」

張り合いのなさに疲れたのか、恵子はそう締めくくって今晩の食事に話を移した。浩太たちも来ているから大人数になる。献立をどうするか、どの部屋で食べるかをひとしきり話してから、せわしなく一階の玄関から出て行った。

八重が初めてほっと息をついた。

「すまなかった」

竹井は声をかける。自分のせいでこんなことになってしまった。いいえ、と八重は首を振り、さらに言葉を継いだ。

「……それで、いつ三階へ行きますか」

たった今恵子から注意されたのに、まるで気に留めていない様子だ。竹井は微笑《ほほえ》んだ。一度決断すると、妻の意志は揺るがない。

「そうだな……」

正直、三階まで自分の足が保《も》つとは思えない。それに、二階にいる恵子も警戒しているはずだ。

ついさっきまで見ていた夢で、あの夕方の部屋が胸に焼き付いている理由も思い出した。五十年以上前の若い竹井が思い描いた理想だったのだ。

婚約者だった愛子を亡くしたが、このアパートに移り住んで以来、竹井は一人も家族を失っていない。もう十分に理想は叶《かな》っているはずだ。それでも、あの光景が胸を去らない。もう一度この目で見ておきたかった。

玄関の扉が開く音がして、八重が出迎えに立った。すぐに進がのっそりと部屋の鴨《かも》居《い》をくぐってきた。決まりが悪そうに正座して、だらしなく伸びた長髪を自分で撫でた。

「大丈夫かい、おじいちゃん」

進は目を合わせずに、優しい声で尋ねた。

「ああ、なんともない」

「悪かったよ、急に下から声をかけたりなんかして。あれで転んじまったようなもんだ」

よく見るとジーパンの裾《すそ》が白く汚れている。階段から落ちた竹井を受け止めて、倒れこんだのだろう。

「いや、おかげで助かった……ありがとう」

部屋が静まり返る。進の口が重いところは祖母の八重にそっくりだ。小柄で細面な容貌《ようぼう》も若い頃の彼女のようだった。

不思議とこの家に生まれる人間は二色《ふたいろ》に分かれる。進のように八重に似て内気で無口な者と、恵子や浩太、千夏のように陽気で開放的な性格の者と。恵子たちはどことなく愛子を思わせる。もともと同じ血を引いているからだろう。

この先もそういう子孫が生まれるのかもしれない。残念ながら竹井が見届けられるのは、今の世代までだが。

（残念、か）

そんな感情を抱くのは久しぶりの気がする。

「おじいちゃん、三階へ行きたいのかい？」

不意に進が沈黙を破る。竹井は答えに窮した。どうしてそんな質問をするのだろう。

「今、俺が三階を使ってるだろ。他の階より高いせいかな。一人で上にいると、すごく心が安まる……ここが自分のうちだって気分になるんだよ」

進は俯《うつむ》いたまま、ぼそぼそ喋《しゃべ》った。膝の上で両手の指を神経質そうに組み替えている。長い髪のかかった頰は驚くほど血色が悪い。

「俺なんかでもそうなんだから、昔住んでいたおじいちゃんたちはもっとそう感じるんじゃないかと思ったんだ。二人が住んでた頃と、部屋の様子はだいぶ変わっちまったけど……あ、子供の頃に俺が燃やしたせいか。それはともかく！」

膝をぱんと叩《たた》いて、進は竹井のいるベッドに身を乗り出してきた。

「もしよかったら、俺が背負って三階まで連れていくよ」

進の背中は思ったより細く、骨張っていた。

「じゃあ、持ち上げるよ。痛かったら言って」

竹井の腰がベッドから離れた。祖父を背負った進がよろよろと玄関へ向かう。先回りした八重が扉を開けた。

闘病生活で痩《や》せたとは言え、長身の竹井は軽くないはずだ。階段に足を掛けたところで、もう進の首筋には汗が滲《にじ》んでいた。

「悪いけど、そこの踊り場で休憩していいかな。今の俺、体力ないんだ」

食いしばった歯の間から声を発した。早足で二人を追い抜いた八重が、抱えてきた椅子《いす》を踊り場に置いた。最初の踊り場に辿《たど》り着いた進は、祖父の体を慎重に下ろしていった。

「二階にはお袋がいるから、一気に通り過ぎちまおう」

進は上の様子を窺《うかが》いながら、片手でさかんに胃のあたりを揉《も》んでいる。

（心配させたくないから黙ってたけど、俺、胃潰瘍《いかいよう》になっててさ。それがひどくなって、会社を辞めたんだ）

部屋を出る直前、進から聞いた話が頭をよぎった。相変わらず竹井たちと目を合わせることなく、熱に浮かされたように語った。

（俺はビール会社の営業で、朝から夕方まで酒屋だの飲み屋だのを回って、それが終わったらスーパーマーケットの仕入れ担当を接待したりしてさ。

もともと俺は口下手だし、成績も上がらないから課長に目を付けられてて、顔を合わせるたびにこっぴどく怒鳴られてたよ。それでも我慢して働いてたんだけど、ある

日トイレでとんでもない量の血を吐いちまって。胃潰瘍もひどくなると絵の具みたいに真っ赤な血が出るんだよ)

そこで進は我に返ったように顔を上げて、おじいちゃんほど大変じゃないけどね、と付け加えた。だからこそ竹井たちには打ち明けなかったのだろう。

(もういいや、どうでもいいや、って荷物まとめて会社出て、それっきり二度と出社しなかった。胃潰瘍はまだ治りきってない。食欲もないしさ……でも、治ったらちゃんと働くよ。そんな風にいきなり仕事をほっぽり出すなんて、おじいちゃんたちから見ればおかしいのかもしれないけど)

言われるほどおかしいとは思わなかった。八重が最初の嫁ぎ先から飛び出したいきさつによく似ている。女遊びの絶えなかった夫に見切りを付けた彼女は、ある日突然実家に帰ったきり顔も合わせなかったという。

進を近ごろの若者だと勝手に決めつけていたが、何十年も前の祖母としていることは変わらない。いつの時代でも理不尽なことから自分を守るのは当たり前だ。

「……よし、行こう」

再び進が竹井を背負った。手すりの外を眺めると、太陽が西に傾き始めている。夕方までもうあまり時間がない。

二階に近づいたところで、孫の背中から緊張が伝わってきた。二階の扉が細めに開いている。恵子は換気のために時々そうしているのだ。かすかにテレビの音声が洩《も》れてくる——こちらが物音を立てると部屋の中にも伝わってしまうかもしれない。椅子を抱えた八重が先に立ち、それに続いて進が扉の前をすり足で通りすぎる。気付かれた気配はない。竹井は胸をなで下ろした。

三階への階段の手前で、竹井はほんの少し姿勢を変えようと身じろぎをする。それが神経に障《さわ》ったのかもしれない。突然、目もくらむような激痛が腰を灼《や》いた。どうにか声は押し殺したが、代わりに冷や汗がどっと額に噴き出した。何秒か気を失ったのかもしれない。やっと痛みが治まってきた時、竹井は二階の共用部分で椅子に腰かけていた。

「戻りますか」

八重の問いに首を振った。

「いや……もう平気だ」

どうにか返事を絞り出す。せっかくここまで来たのだ。引き返したら今度こそ三階へ行く機会はないだろう。

ふと、テレビの音声が消えていることに気付いた。いつのまにか扉が開いていて、サンダル履きの恵子が外に出てきていた。

「何をしているのよ」

と、声を震わせる。竹井と八重が口を開く前に、進が間に割りこんできた。

「おじいちゃんに三階の部屋を見せようとしただけだよ。俺がそうしようかって言ったんだ。頼まれたわけじゃない」

「分かったようなこと言わないで」

恵子がぴしゃりと言った。

「こんな時だけいい孫のふりをして。おじいちゃんが戻ってくるのに、ついさっきまでパチンコ屋に行っていたじゃない。厚子さんや千夏までこっちに来ているのに」

厚子の名前が出た途端、なにか詰まったように進の喉が鳴った。事情にだいたい察しはついているが、厚子とあまり顔を合わせたがらない。

続けて恵子は怒りの矛先を八重に向けた。

「お母さんにもさっき注意したばかりでしょう。無視するなんてひどいわ。この一時帰宅でどれだけわたしが気を遣っているか、お母さんが一番よく知っているくせに」

「……恵子」

椅子の背にもたれつつ、竹井は顔を上げて娘と目を合わせた。まだ息が切れる。ほんの子供だった娘は立派な大人になり、親である自分はこんなにも年を取った。

「二人は何も悪くない。私のわがままに付き合ってくれただけだ」

「わがままは知ってるわよ。だからといって、お父さんの体調をこれ以上悪くするわけにいかないの。そうなったら二度と外泊の許可なんて下りない。この先も時々ここに泊まりに来られる方が、お父さんだって嬉しいはずでしょう？」

竹井は衝撃を受けた。恵子は今回の一時帰宅が最後だと思っていない。この先も父親が生き長らえると信じている――いや、信じることに決めているのかもしれない。

「帰ったよ、恵子」

下の踊り場から太い声が響いてきた。三つボタンの背広を着た杉岡俊平が階段を上がってくる。この義理の息子は若い頃と大いに容貌が違う。体や顔は丸く大きくなり、髪もすっかり薄くなった。代わりのように立派な口髭《くちひげ》を生やしている。きりっとした太い眉《まゆ》にだけはかろうじて昔の名残があった。

「お義父《とう》さん、お帰りなさい」

丁寧に腰からお辞儀をした。早く帰宅したのは竹井が帰っているからだろう。

俊平が経営する会社はオイルショックの影響も受けず、今も順調に業績を伸ばしている。社員もこの十年で倍に増えたという。

「どうしたんですか、こんなところで」

「進がお父さんを連れて勝手に三階へ行こうとしていたのよ。お父さんの希望だからと言って。わたしが気が付いて止めたところ」

恵子は怒気を含んだ早口で説明する。ふむ、と俊平は髭を撫でた。

「三階を今使っているのは俺だ。俺の部屋へ連れて行くのに、いちいち文句を言われる筋合いはないよ」

進が口を挟む。初めて存在に気付いたように、俊平は息子の頭から爪先《つまさき》までじろりと目を走らせた。

「一人前の理屈をこねる暇があったら、仕事でも探したらどうだ。いい年をして昼間から小汚い格好でふらふらしているんじゃない……お母さんを心配させるな」

しかめっ面《つら》で説教する。少年時代や青年時代の俊平にも、昼間からふらふらしている時期があったことを竹井は知っている。

「お義父さん、どうして三階へ行きたいんですか」

俊平は膝を折って、座っている竹井に話しかけた。

「……三階の部屋が、私たちのうちなんだ」

義理の息子とは比べものにならないほど、か細い声しか出なかった。

「一階だってそうじゃありませんか。わざわざ昔住んでいた部屋に行って、一体どうするんです？」

竹井は虚を衝《つ》かれた。夕日に包まれた部屋へ行って、自分はどうするつもりだったのか――ただ行くだけで満足するのだろうか。

「私は……」

胸のうちを探る。霧がかかったような深い場所から、突然するりと答えが出てきた。

「私は、三階に帰って……ただいまと言いたい」

何十年にわたって毎日そうしてきた。でなければ帰った気がしない。同時に子供っぽい感傷だとも思う。そんなことをしても、自分の置かれた状況が何か変わるわけでもない。

「そうですか……」

俊平はしばし考えこむ。家の中のことについて、普段の彼はまず妻に異を唱えない。会社は自分の、家庭は妻の領分だと決めているところがある。

やがておもむろに口を開いた。

「まあ、とにかく三階へ行きましょうか」

予想外の反応に、誰もが目を丸くした。特に恵子が驚いている。

「あなた、どうして……」

「恵子、いいじゃないか」

妻の抗議を静かに制した。

「よく分からんが、お義父さんにとっては大事なことのようだ。なにかあったら、すぐに下りてくればいい」

それから独り言のように付け加えた。

「私にできることがあるなら、何でもするさ」

竹井の脳裏に四十年前のできごとが蘇《よみがえ》った。

（このご恩は一生忘れません。今後、僕にできることがあったら何でもします）

日中戦争が始まった年の暮れ、恵子のために買ったクリスマスプレゼントを、俊平の妹のハナに譲ったことがある。話したのはこのアパートの踊り場だ。その時、俊平が口にした言葉に似ていた。竹井はすっかり忘れていたが、俊平の方は違ったのかもしれない。

三階までは俊平が背負って運んでくれた。

竹井たちが居間に使っていた南向きの和室は、分厚いカーテンのせいで薄暗い。進が趣味のレコードを聴くために使っているらしく、レコードが詰まった大きな棚と、角張ったレコードプレーヤーが置いてあった。若い男の部屋にしてはきれいに片付いている。

「そこでいいですか」

俊平は窓際《まどぎわ》に置かれている安楽椅子を顎《あご》で示す。竹井がうなずくと、進の助けを借りて慎重に下ろしていく。

もう時刻は夕方のはずだ。肘掛《ひじか》けのそばにぶら下がっているカーテンに手を掛けた。すかさず八重が開けるのを手伝ってくれる。

「あ……」

竹井たちは絶句する。このアパートではどの棟もゆるやかな斜面に建っている。窓の向こうには他棟の屋根と、代官山の町並みが見えるはずだ。

しかし今、視界を覆っているのは青々と葉を茂らせた銀杏《いちょう》の枝だった。肝心の夕日はほとんど遮られている。わずかな木漏れ日が壁に不規則な光の染みをいくつか作っているだけだ。

年老いた竹井たちが三階へ来なくなってからずいぶん経《た》つ。その間に銀杏がここまで成長してしまったのだろう。

「昔より日当たりも風通しも悪くなっちゃってね」

なぜか申し訳なさそうに進が言う。その時、玄関の扉の開く音が聞こえた。

「ただいまー！」

和室に駆けこんできたのはワンピース姿の千夏だった。デパートの紙袋を提げた浩太と厚子がそれに続く。買い物から帰ってきたのだ。狭い部屋に集まっている一同に、浩太たちは目を瞠《みは》った。

「一階と二階に誰もいないから来たけれど……みんな、ここで何をしてるんだ」

「お父さんのご希望よ。この部屋に上がってみたかったんですって」

尖《とが》った調子で恵子が答える。

「それで満足したの。お父さんは」

竹井は答えに窮した。これだけの騒ぎを起こしておいて、期待外れだったとは言いにくい。

「わあー、きれい！」

千夏が窓ガラスに額をすりつけた。銀杏の枝越しにきらめく夕日のことを言っているようだった。安楽椅子の竹井に笑顔を向ける。

「きれいね、おじいちゃん」

ひいおじいちゃん、という呼び名はまだ憶《おぼ》えられないらしい。竹井もガラスの向こうに目を凝らす。思い描いていた光景とは違うが、確かに悪い眺めではなかった。

「……皆でお茶を飲みましょうか」

不意に八重が口を開いた。

「久しぶりに、この部屋で」

「それはいいですねえ」

真っ先に応じたのは俊平だった。

「ちょうど喉が渇いていたんですよ。ここで何かご馳走《ちそう》になるなんて久しぶりだ……どうですか、お義父さん」

「……いただこうか」

竹井はうなずいた。もう少しこの部屋で過ごしたい。八重もそれを察してくれたのだろう。

「こんな狭い部屋に、全員は座れないでしょう」

呆《あき》れ顔で恵子が言うと、進が間仕切りの襖《ふすま》を指差した。

「そこの襖を外して、隣の部屋と繋げりゃいいよ。お茶、俺も飲みたいな」

「わたしたち、デパートで紅茶を買ってきたんです。それでよかったら開けましょうか」

厚子がうきうきと口を開いた。

竹井が見守る前で支度が始まった。

恵子と厚子が二階へ紅茶のカップを取りに行き、進が台所で湯を沸かし始める。こんろの火に手を伸ばそうとする千夏を浩太が捕まえて、弟になにか話しかけている。

初めて目にするのに、どこか懐かしい光景だった。

最初からこれを見に来たような気がしてくる。

そこへ俊平が隣の部屋から古びたちゃぶ台を抱えて戻ってきた。新婚当時の竹井と八重が使っていたものだった。

「まだ、捨てていなかったんだな」

そうつぶやくと、膝に毛布をかけていた八重が竹井を見上げた。

「何か、言いましたか」

思わず目を疑った――沈んでいく夕日のひとかけらが、銀杏の枝葉《えだは》を奇跡のようにくぐり抜け、八重の顔だけを明るく照らしている。

輝くような光をまとって、この部屋で竹井を出迎えてくれた五十年前の彼女と、今の妻が一つに重なった。束の間《つかま》、彼自身も歳月の坂を駆け戻った気がした。

「……八重さん」

竹井ははにかみながら、昔のように呼びかける。

やっとあの部屋へ帰ってこられた。

「ただいま、八重さん」

「お帰りなさい」

と、八重も微笑んだ。

森の家族　一九八八

日が落ちると、涼しい風が吹いてくる。

どこかで鈴虫の鳴く声がした。ここ数日で少しずつ増えてきている。九月に入っても暑い日が続いているが、もう季節は変わり始めているのだ。

仕事を終えてアパートに帰ってきた杉岡進は、寝起きしている三階ではなく、祖母の八重が住む一階の部屋に入った。夕食はできるだけ祖母と取ることにしている。

「叔父さんお帰りなさい！」

ただいまと言う前にやかましい声に迎えられた。ちょうど食事が始まるところだったらしく、居間のちゃぶ台に三人分の食事が並べられていた。メニューは鮭《さけ》のムニエルとマッシュポテトとコンソメスープ。祖母の得意料理だった。

「そろそろ帰ってくる頃だってひいおばあちゃんと話してたとこ。タイミングぴったり」

箸《はし》を並べながら姪《めい》の千夏が言う。肩にギャザーの入った青いブラウスにストライプのスカートを身に着け、三つ編みにした髪をうなじの上で団子のように丸くまとめている。少女向けのファッション雑誌をそのまま切り抜いたような姿だった。目鼻のくっきりした顔立ちで、十三歳にしては大人びている。

ネクタイを外しながら進が口を開きかけた時、茶碗《ちゃわん》の載った盆を着物姿の八重が運んできた。しばらく目にしていなかった麻の縞柄《しまがら》だったせいか、別人のようでどきりとする。丸まった背中は以前よりもさらに小さく、縮こまって見えた。

不意にその足がもつれて、盆がぐらりと傾く。進は慌《あわ》てて祖母の両腕を支えた。

「……すまないね」

くぐもった声で礼を言われる。

「いや、別に。気をつけて」

最近、こういうことが増えた。足腰が弱くなってきているのだろう。十年ほど前に祖父が亡《な》くなった時ですら、祖母はもう七十代の後半だった。今も身の回りの家事を一人でこなしているのは奇跡に近い。

自分の夕食まで用意してくれなくてもいい、と何度か申し出ているが、頑として耳を貸してくれない。つい進も甘えてしまっていた。

「いただきます」

八重と進と千夏、年齢のかけ離れた三人が、揃《そろ》って両手を合わせて夕食が始まった。

進の両親――俊平と恵子は三年前に代官山アパートを出ている。会社の経営を退《しりぞ》いた俊平は、神奈川の藤沢にある一軒家を買って移り住んだ。老朽化したこのアパートに耐えきれなくなったのだ。

三十年前に増築したとはいえ、もとは昭和初期の建物だ。間取りは使いにくく、電気容量が足りないので家電もろくに置けない。ネズミやゴキブリも出る。

建て替えの計画も持ち上がっている。けれども新しい建物がどうなるのか、建て替えでどんなメリット、デメリットがあるのか、住民同士の意見がぶつかり合って遅々として進まない。これ以上待っていられない、というのが俊平たちの結論だった。所有権は手放していないが、彼らの住んでいた二階は空き部屋になっている。

黙々とムニエルを口に運ぶ八重を、進は横目で窺《うかが》った。年齢のわりには健啖家《けんたんか》だ。大きな病気も今のところしていない――それでも、一人暮らしは厳しくなっているはずだ。

俊平たちからは藤沢の家に引っ越してくるよう勧められている。二人が藤沢を選んだのは、八重の生まれ育った茅ヶ崎に近いせいもある。八重の両親の墓があり、関東大震災で亡くなった妹もその隣に眠っているそうだ。

その申し出を祖母は黙って聞き流している。結婚してから六十年ここに住んできて、夫との思い出も詰まっている。そう簡単に離れる気にはならないのだろう。

かといってこの先もずっと住むと言っているわけではない。きっと祖母の中にも迷いがあるのだ。進も性格が似ているから理解できる。そのうち収まるところに収まるのではないかと思っている。今、気にかかっているのは別のことだった。

「今日も代官山を見て回ってたの。このあたりって本当に色々なお店があるのね。ヒルサイドテラスってところ、ドラマに出てきそうな建物だね。大人っぽいお店ばっかりだったから中には入らなかったけど」

食事の間、千夏がずっと喋《しゃべ》り続けている。関西のアクセントが混じっているが、言葉そのものは標準語だ。相手が八重や進だからだろう。

千夏は生まれてからずっと神戸で暮らしている。進の兄である浩太と妻の厚子の娘だ。三日前に一人で八重を訪ねてきてから、東京での生活を満喫している。

異様な好景気のせいか、代官山にはお洒落《しゃれ》なレストランや輸入雑貨店が増えた。ファッション雑誌にも特集記事が載るほどだ。ずっとこの土地に住んでいる進にはピンと来ないが、女子中学生には輝いて見えるらしい。

「八幡《はちまん》通りのお店も一通り見てきたよ。あれでいっぱい写真撮っちゃった」

指差した箪笥《たんす》の上には、プラスチックと紙のおもちゃのようなカメラが置かれている。数年前から流行し始めた、フィルム交換ができない使い捨てタイプのカメラだ。修学旅行で上京した中高生が持ち歩いているのをよく見かける。最近の女の子たちは皆写真を撮るのも撮られるのも好きなようだ。

「すごく楽しい……ずっとここに住みたいぐらい」

千夏は天井を向いてしみじみとつぶやく。新学期が始まっても代官山にいるのは、まさに使い捨てカメラが原因だった。

始業式の日、学校に持っていったカメラで友達と遊んでいたところ、生徒指導担当の教師が通りかかって没収されてしまった。

公立ながら校則の厳しい学校で、生徒手帳には持ちこみ禁止の私物リストが何ページにもわたって印刷されている――ただ、カメラはそこに含まれていなかったという。中学生が小遣いで買えるようなカメラが存在しない時代に作られたのだろう。

呼び出された両親の前で厳重注意を受け、どうにかカメラは返却されたが、学校から求められた反省文の提出に千夏は従わなかった。禁止されているとは知らなかった、なぜ自分が叱《しか》られるのか納得がいかない、あんな学校には行かないと言い出して父親と大喧嘩《おおげんか》になった。置き手紙を残して上京し、代官山アパートに転がりこんできたのだ。中学一年生とは思えない行動力だった。

「それで、今日買ったのはこれ。駅のそばにある雑貨屋さんで見つけたの。古いアメリカ製なんだって」

食事が終わった後、千夏は紙袋から中身を取り出した。琺瑯《ほうろう》引きの赤いマグカップだ。八重は老眼鏡をかけて、じっくりマグカップを眺める。

「……琺瑯引きの食器が、好きなの?」

「うん、大好き! お小遣いで少しずつ買ってるんだ」

「アメリカ製の琺瑯のお皿なら、うちのどこかにあるわね……何十年も前に買ったものだけれど。もし欲しかったら、捜してあげる」

「欲しい欲しい! やったー! ありがとう」

万歳する千夏を、八重は目を細めて眺めている。昔からこの曾孫《ひまご》を可愛《かわい》がっていた。千夏の方も曾祖母によく懐《なつ》いている。説教じみたことを言わず、自分の話にじっくり耳を傾けてくれるのが嬉《うれ》しいらしい。藤沢の俊平たちの家ではなく、代官山アパートを家出先に選んだのも八重がいるからだ。電話や手紙でもよくやりとりしている。

「私、ひいおばあちゃんとお出かけしたいな……あ、東京タワーの展望台って上がったことある？　一回行ってみたかったんだ」

「ないわねえ……高いところは、苦手だから」

「そうなんだー、意外。じゃあどこがいいかなー」

あれこれ場所を挙げるが、八重は言葉を濁している。ここ数年、代官山から離れることがめっきり少なくなった。若い曾孫に付き合う体力がないのだろう。そのことに気付いたのか、千夏が進の方を向いた。

「そういえば叔父さん、明日から仕事お休みでしょう。どこか案内して。東京は詳しいでしょ」

進は八月中が忙しく、九月の今になってやっと休暇を取れた。明日は特に予定も入っていない。

案内するのは構わないが、ただ甘やかしているようで抵抗がある。大人の責任だと言い聞かせつつ口を開いた。

「あのさ、そろそろ家に帰ってもいいんじゃないか。兄さんたちも心配しているし」

内心、複雑な気分だった。千夏への同情もある。何がルール違反なのかはっきりした線引きもなく、騒ぎの原因を作ったからと学校に罰せられる。高校時代、進も警察に補導されたという理由で停学処分を受けたことがある。間違って補導されただけで、すぐに解放されたと弁解しても無駄だった。そういう曖昧《あいまい》な理不尽はいつの時代でもなくならない。

「いつまでもここにいたんじゃ、学校の友達とだって会えない……」

「あー、いけない。忘れてた！」

千夏はわざとらしく両手を叩《たた》いて立ち上がった。

「友達に電話する時間だった。叔父さん、三階の電話貸してね！」

返事を待たずに玄関の扉から出て行ってしまう。昨日の夕食の時も同じ口実で逃げていった。その日あったことを報告しあう他愛《たわい》もない用事だ。わざわざ三階に行かなくても、一階にも電話はあるのだが。

「……今言っても、意固地《いこじ》になるだけじゃないかしらね」

進に食後の茶を出しながら、八重は弱々しい声で言った。

「かといって、ただ置いておくわけにはいかないよ」

学校に反省文を出したくないにしても、親や学校と話し合うべきだ。その協力なら進も厭《いと》わないが、ここで過ごしているだけではどうにもならない。

「おばあちゃんはどう思ってるの？」

八重は無言で自分の湯呑《ゆの》みに茶を注いでいる。千夏には一言も「帰りなさい」と促していない。厚子が上京して迎えに来た時も、母娘の会話を黙って聞いていただけだった。

進は一抹の不安を抱いていた。もともと自分の考えを口にしない人だが、今回は少し様子がおかしい。夫を亡くし、娘夫婦も引っ越して八重の身辺はめっきり侘《わび》しくなっている。千夏を手放せなくなっているのではないか――。

電話のベルが建物のどこかから響いてきて、すぐにぴたりと止《や》んだ。進が三階で使っている電話のような気がする。千夏が部屋にいれば取ってくれたはずだが、一応行って確認した方がいいかもしれない。

「叔父さん！」

一階の玄関から共用部へ出たところで、甲高い叫び声が頭上から降ってきた。アパート中に響き渡りそうなボリュームだった。

「奈央子《なおこ》さんから電話！　婚約者の人！　今週のデートの相談だって！」

やはり鳴ったのは進の部屋の電話だったようだ。知らせてくれたのはありがたい。

今週の予定が近所に筒抜けになったが。

結婚が決まったのは今年に入ってからだが、相手の菅沼《すがぬま》奈央子と出会ったのは八年も前だ。再就職した医学雑誌の出版社に、女子大を卒業して入社してきたのが奈央子だった。進は営業課、奈央子は経理課と部署が違っていた。互いの顔と名前が一致し、やがて親しくなり、恋人として付き合うまでに長い年月がかかった。

進が三十代後半になるまで結婚しなかったのは、趣味以外には消極的な性分が影響している。特に恋愛や仕事でいい目を見た経験がなかった。まあ結婚も縁があれば、と思っているうちにずるずると時が過ぎていった。このまま一生独り身でもいいかと思い始めた頃、奈央子と親しくなったのだ。

「……お待たせ」

進は受話器を取って言った。

『こんばんは、杉岡さん。今、姪御さんがおっしゃった通り、今週末のデートについて相談しようと思って電話しました。デートというより、結婚式場の下見ですけれど』

奈央子は事務的な口調ですらすら話す。別に不機嫌なわけではない。いつもの彼女だった。

態度も言葉遣いも表情も常に硬く、社内でも変わり者と評判だった。まばたきしない大きな両目は、美しさより眼光の強さの方が印象に残る。たまに男性社員から誘われても、ことごとく事務的に断ってきたらしい。

恋愛や結婚というものに思い入れがなかったのです、と淡々と説明してくれたことがある。一人で生きていけると思っていましたし、日々充実もしていました、と。

三十路近くになるとそういう誘いも少なくなり、むしろ安堵《あんど》していたところに、不思議と意識するようになったのが違う部署の進だったという。

「うちの姪っ子と何か話した？」

『大したことは別に。プロポーズの言葉は何だったんですか、と訊かれた程度で』

「大したことだよそれは……え、まさか答えたの」

『もちろん答えましたよ。私、ちゃんと憶《おぼ》えていますから』

んん、と奈央子は咳払《せきばら》いした。

『あなたは僕の太陽だ！』

「待て待て待て。俺、言ってないぞそんなこと」

普段からは想像もつかないが、奈央子はたまにこういう冗談を口にする。独特のセンスの持ち主だった。

『……と、私が杉岡さんに夕暮れの海岸で叫びました……』

「君も叫んでないだろ！　なんだよ夕暮れの海岸って……あのさ、俺相手ならいいけど、うちの姪っ子はまだ子供なんだから。からかうのもほどほどに」

『……というのはもちろん嘘《うそ》ですが、そういう気持ちだったのは事実です。熱い気持ちをこめて、私から杉岡さんに結婚しましょうと申し出たことを伝えました』

進は口をつぐんだ。プロポーズしようと思っていたら先を越されたのは確かだが、奈央子がそんな気持ちでいたとは初耳だ。いや、これも冗談なのだろうか。

『杉岡さん』

「……なんだよ」

『今、照れていますか』

「うるさいな」

からかわれていたのは進だったらしい。

『それはそうと、なぜ姪御さんがそちらにいらっしゃるんですか。確か、神戸にお住まいでしたよね』

「それなんだけど……」

この際、事情を説明することにした。同性の奈央子なら説得の方法も分かるかもしれないと思ったのだ。しかし、話を聞き終えた彼女は予想外のことを口にした。

『姪御さんを説得する必要があるでしょうか』

「え……？　家に帰って学校に通わないと」

『代官山アパートから近所の学校に通えばいいのでは？』

進は啞然《あぜん》とした。話を吞みこむまでしばらく時間がかかった。

「千夏がここに引っ越してくる、ってことか」

『はい。不愉快な教師に頭を下げる必要はありません。姪御さんはそちらでの生活を楽しんでいるのですよね。大好きなひいおばあさまも、保護者にふさわしい親切な叔父さんもいる……まあ、私がそこに加わって、四人で暮らすことに問題がなければ、ですが』

奈央子は結婚と同時にこのアパートへ引っ越してくることになっている。建て替え計画がどうなるかは分からないが、当面は二人の職場に近いここに住もうという結論だった。

（四人で暮らす、か）

進と奈央子、八重と千夏が一階の居間でちゃぶ台を囲む光景を思い描いた。不思議と当たり前のようにしっくり馴染《なじ》む。

『そういう選択肢もあるというだけの話です。どうするにせよ、明日じっくり話してみてはどうですか。杉岡さんの案内で出かけるのですよね』

「どこへ行くのかまだ決まってないけどね。明日は俺も予定はないし、あの子の好きなところへ連れていってやろうと思う」

女子中学生が喜びそうなところなど見当もつかないが、千夏の方がリクエストを出してくれるだろう。情報誌やガイドブックで色々調べているようだし。

ふと、受話器の向こうが静まり返っていることに気付いた。奈央子の息づかいははっきり聞こえるので、通話が切れたわけではない。

「どうかした？」

『せっかく取れた休みが一日つぶれるのに』

押し殺したような囁《ささや》き声が耳に届く。

『面倒だとか嫌だとか、思いもしないところ、とても素敵です』

進は思わず鼻をこすった。ここまでストレートに誉《ほ》められると本当に照れる。

「あ、うん。ありがとう」

『……さすがは私の太陽です』

「それはもういいよ」

結局、次の日は渋谷へ行くことになった。原宿や新宿にも足を伸ばそうかと提案してみたが、一日では回りきれないという返事だった。

デパートが開店し始める時刻に改札口を通る。土日ほどではないものの、ハチ公前広場では大勢が信号待ちをしている。秋になったばかりなのに、コーデュロイのジャケットと白いパンツを着た大学生らしい若者もいれば、金色に染めた髪を立てて、大きな安全ピンをTシャツに刺したパンクロッカーもいる。リュックサックを背負った修学旅行生のグループもいる。おもちゃ箱でもひっくり返したようにバラバラだった。

信号が青になった途端、千夏はスクランブル交差点を小走りで渡っていく。細かな花柄のワンピースを着て、リボンの巻かれた麦わら帽子が飛ばないように手で押さえている。統一感のない人混みにすっかり溶け込んでいた。

リクエスト通り、進はまず西武百貨店のA館とB館に案内した。千夏が足を止めるのは雑貨売り場ばかりで、意外に婦人服や化粧品の売り場には長く留まろうとしなかった。

「服とか化粧品はどれも高いし、じっくり見ると欲しくなっちゃうから」

ということだった。かといって小物をなにか買うわけでもない。デパートを出て、公園通りにある輸入雑貨屋に移動しても同じだった。渋谷の一等地の店に置かれた雑貨も、中学生には高すぎたようだ。

進は食事だけを奢《おご》るつもりでいたが、千夏がどうしても諦《あきら》めきれずにいた、布張りのソーイングボックスを買ってプレゼントした。刺繡《ししゅう》をあしらった丁寧な造りで、フランス製だと店員は言っていた。

千夏は街並みやショーウインドーを例の使い捨てカメラで撮影している。自分も撮って欲しいらしく、進は何度もシャッターを押す役になった。数メートルごとに立ち止まったり店に入ったりしていたので、公園通りの端まで行き着いた時には正午近くになっていた。

後戻りしてオルガン坂を上がり、老舗《しにせ》のスパゲティ専門店に入る。昼時の店内はスーツ姿のサラリーマンや若い学生で満員だった。隅のテーブルに通された二人は、名物のたらこスパゲティを注文した。

「ここ、叔父さんはよく来るの？」

きれいに食べ終わって、コーラを飲みながら千夏は尋ねる。

「時々ね。新しい店はよく知らないから」

婚約者の奈央子と来たこともある。ジャンルは違うが二人とも洋楽好きで、この界隈《わい》の音楽専門店を時々一緒に回っていた。若者ばかりになった渋谷では少し肩身が狭い。

「新しいお店、そんなに増えたんだ」

進はうなずいた。来るたびに新しい店がオープンしている。特に最近はそのサイクルが早い。さっき行った西武百貨店も、同じ渋谷の中に次々と別館や系列店がオープンしている。十代から渋谷に通っている進もきちんと把握できないほどだ。

「昔からデパートは多かったけれど、洒落た雑貨屋やカフェは少なかったかな」

もっと雑然として、物騒だったと思う。道玄坂の輸入レコード屋の近くで、チンピラたちに殴られたのはもう二十年も前になる。しばらく通っていたあのレコード屋も今はない。馴染みの店がなくなり、街の姿が変わっていくことなど、十代の頃は想像すらしていなかった。

「もっと昔、戦争が終わってすぐの頃は、渋谷駅の周りは焼け野原で何も残ってなかったらしいよ。トタン板でできたバラック小屋ばっかりだった、って親父《おやじ》……おじいちゃんたちから聞いたことがある」

進ですら時代の移り変わりに戸惑うことがある。父や母——いや、さらに上の世代の八重の目には、今の世界はどう映っているのだろう。

「……なんか、怖いな」

ぼそりと千夏がつぶやく。ほとんど空になったグラスを両手で包みこんでいる。

「怖い？」

「今いるこのお店も、いつかなくなっちゃうかもしれないでしょ。さっきこれを買ったお店だって」

隣の椅子《いす》に置いてある紙袋を撫《な》でた。中には布張りの白いソーイングボックスが入っている。

「世の中の全部がそうだよね。今、こうして話してる私だって……明日どうなるか、分からないじゃない」

俯《うつむ》いた目元に影が射《さ》している。一瞬、進は言葉を失った。

「それで、自分の写真もよく撮ってるの？」

「うん……ちゃんとその場所に私がいた、って感じがするから。だからね、写真を撮るだけじゃなくて、撮られるのも大好き」

色々考えているものだ、と進は感じ入っていた。この子はそうやって自分の存在を確かめているのかもしれない。

「全部が全部、なくなるわけじゃないさ。人間だってそう簡単に消えたりしない。残るものはちゃんと残ってる」

「……そうだよね」

千夏は顔を上げる。表情に少し明るさが戻っていた。

「叔父さんが住んでるアパートも、残ってるもんね。東京へ遊びに来るたびに思ってたの。建物は昔のまんまで、部屋にはずっとひいおばあちゃんが住んでいて、何も変わってない……」

進は食後のコーヒーを一口飲んだ。建て替えの計画が持ち上がっていることを、千夏はまだ知らないようだ。

「あの部屋があって、そこにひいおばあちゃんがいて……うまく言えないけど、そういうの、すごくほっとする。ずっといていいよ、って言ってくれてる気がして」

ふと、昨晩と同じイメージが進の脳裏をよぎった。自分たち四人がちゃぶ台を囲む姿――それが馴染み深いものに感じられたのは、八重とあのアパートが揺るぎなく存在し、自分たちを受け入れてくれるからではないか。

アパートの建て替えを、初めて残念だと思った。

代官山に帰り着いたのは夕方になってからだった。

一階の部屋には鍵《かぎ》がかかっていて、中に入っても八重の姿はなかった。台所で夕飯の支度をしていたらしく、切り終えた野菜がボウルに入っている。

「どこに行ったんだろう」

居間の電灯を点《つ》けると、ちゃぶ台の上にＤＰＥショップの封筒とメモが置かれていた。

「ひいおばあちゃん、買い物に行ったたって」

メモを手に取った千夏が言う。進も肩越しに覗《のぞ》きこむ。買い忘れた食材があったので出かけてくること、千夏が使い捨てカメラの現像と焼き付けを頼んでいたＤＰＥショップから、写真を受け取ってきたことが書かれていた。

「使い捨てカメラ、他にも持ってたんだ」

「うん。二台持ってきた。こっちには一昨日までに撮った分が入ってる」

千夏は封筒から写真の束を取り出して、一枚ずつじっくり見ていく――と、急にばさりとちゃぶ台に投げ出し、部屋を出て行ってしまった。トイレに入ったようだ。

（どうしたんだろう）

進は首をひねりながら、散らばっている写真を手に取った。夏の制服を着た女子中学生たちが五人写っている。場所は学校の教室だ。楽しそうに肩を寄せ合ってピースサインを出している。

千夏のクラスメイトたちのようだ。別の写真では黒板の前で黒板消しを構えたり、窓際《まどぎわ》でカーテンにくるまったり、思い思いのポーズではしゃいでいる。それが七、八枚続く。当然ながらどの顔も知らない。

次に現れたのは猫の写真だった。これも数が多い。たまに校門が写りこんでいるところを見ると、登下校の最中に撮ったようだ。

（学校で取り上げられたカメラは、これか）

フィルムが余っていたので、返却されたものを東京に持ってきたのだろう。

緑に覆《おお》われた代官山アパートの写真もある。住民たちによって無秩序に増築された建物は、原形を留めていないものも多い。進にとっては見慣れた風景が、写真で目にすると新鮮な印象だった。

千夏が一人で写っている写真も何枚かある。どれもピントが甘く、片手が切れている。きっと自分を撮ろうとしたのだ。単純な仕組みのカメラでは難しい。

（あ……）

突然、冷水を顔に浴びた気がした。もう一度クラスメイトたちの写真を確かめる
――。

「叔父さん」

振り向くと真後ろに千夏が立っていた。

「それ、返して」

無表情に手を出してくる。進は写真を揃えて彼女に渡した。

「毎晩、電話している友達は、この写真に写ってるの」

千夏の手が写真の束をぎゅっと握りしめた。爪《つめ》の先が白くなるほど強い力だった。

「……うん」

凍えた声で答える。誰なのか教えてはくれなかった。両肩から緊張が伝わってくる。

進が沈黙を破ろうとした瞬間、玄関から扉の開く音が聞こえてきた。

「ただいま……」

八重の声が聞こえる。

「お帰りなさい」

玄関を振り返ると、小さくうずくまった八重が額に手を当てている。白いビニールの買い物袋がぐにゃりと廊下に転がっていた。

「おばあちゃん」

進は慌てて駆け寄っていった。

「これね、公園通りにあるお店にあったの。中に入ってる糸の色も多くて、すごく綺《き》麗《れい》でしょ？　高いから買えないなって思ってたら、叔父さんがプレゼントしてくれて……」

千夏はソーイングボックスを見せながら、今日の出来事を八重に話している。もう夕食も終わり、居間でデザートの葡萄《ぶどう》を食べているところだった。

相変わらず八重は静かに曾孫の話を聞いている。顔色もすっかり良くなっていた。あれからすぐに八重は回復し、何事もなかったように夕飯の支度に戻った。ここ数年、暑い季節に目まいを起こすことがあり、その都度病院で診察も受けているという。特に病気ではなく、高齢による体力の低下が原因だと医師から言われているそうだ。上の階に住んでいる進も初めて聞く話だった。これまで気付かなかったことにショックを受けていた。

「……たらこスパゲティ食べた後は、東急のデパートとか道玄坂の方にも行った。写真も沢山撮ったよ」

写真という単語に進の耳が反応した。畳の上に放り出されている例の写真に自然と目が行く。

教室で撮影されたどの写真にも千夏の姿はなかった。

（ちゃんとその場所に私がいた、って感じがするから）

写真を撮られるのも好きな彼女が、自分からそうしたとは思えない。一緒に写ろうとしたり、撮ってあげると言う生徒は誰もいなかったことになる。まるで千夏が教室に存在しなかったかのようだ。

　昨日の晩から引っかかっていたことがある。

　三階に奈央子から電話がかかってきた時、なぜベルが聞こえてきたのだろう。千夏が友達と話していたなら、電話は鳴るはずがない。割り込み電話も契約していないので、話し中になるだけだったはずだ。

　毎晩電話で話しているわりに、千夏は友達について全く触れない。洒落た雑貨屋を回っていても土産を買わないし、買い物を頼まれている様子もない。

　本当に友達はいるのだろうか。

　もし学校に行きたくない理由が、反省文だけではないとしたら。

「やっぱり、一緒にどこか出かけようよ……ひいおばあちゃんとだったら、絶対楽しいと思う」

　千夏が人懐っこく笑いかける。侘しい日々を送っているのは、八重だけではないのかもしれない。

「……そうしようかしらね」

おもむろに八重が口を開いた。

「えっ？　ほんとに」

誘った千夏の方が目を丸くする。八重が深くうなずいた。

「体、大丈夫なの」

進が口を挟む。さっきのようなこともある。無理をして欲しくなかった。

「進も、付いてきてくれるかしら」

静かだが熱のこもった声に、進の背筋が伸びた。きっとただ出かけるだけではない。何か大事な用があるのだ。

「どこがいいかな。あんまり歩き回ったりしない方がいいよね……ひいおばあちゃん、どこか行きたいとこある？」

八重は曾孫の顔に目を向ける。最初から決めていたように、迷いなく答えを口にした。

「東京タワーに、行ってみたいわ」

夜半に降った雨も止み、次の日は朝から晴れ渡っていた。

八重の体を気遣って移動に時間をかけたので、三人が東京タワーに着いたのは昼近くになってからだった。正面玄関から建物の中に入ると、遠足の小学生たちやバスツアーの観光客でにぎわっている。

進がチケットを買い、ガラス張りのエレベーターに乗って大展望台へ上がる。千夏は興味津々《きょうみしんしん》で遠ざかっていく地面を見下ろしているが、八重は俯《うつむ》いたまま周囲に目もくれない。高いところの苦手な祖母が、わざわざここへ来たがる理由が進には見当もつかなかった。尋ねても例によって答えてくれなかった。

「叔父さんは東京タワーに来たことあるんでしょ？」

案内のアナウンスに負けない声で千夏が話しかけてくる。

「小学校の遠足で何回か来てるよ。最後に来たのは高校生の頃だったかな」

昔、展望台は一つしかなかったが、その上に特別展望台がオープンした。物珍しさから幼馴染みの直也と一緒に上ってみたのだった。

今日は特別展望台まで行く予定だ。それも八重の希望だった。

進たちは下の大展望台で別のエレベーターに乗り換えた。もうほとんどのビルよりも高い位置にいる。遠くにある山や海も見えてきた。地球の丸みすら感じられる気がする。

やがてエレベーターが止まり、三人は他の乗客たちの後に降りた。ガラス越しに広がる景色を目にした途端、八重の顔から血の気が引いていった。

「おばあちゃん、降りる？」

進が声をかけたが、八重は首を縦に振らなかった。

「西向きの窓に、連れていって」

進たちは顔を見合わせる。とにかく言われた通りにしようと、顔を伏せたままの八重の腕を取って歩き出した。最後に進がここに来た二十年前と、東京の姿は大きく変わっていた。緑が減った代わりに高層ビルが増えている。以前はくっきりと浮かび上がって見えた高速道路も建物に埋もれかけていた。

「わあ！　すごい！　富士山だ！」

ガラスの前で千夏が歓声を上げた。長く伸びた尾根の向こうに、白い雪に覆われた山頂がうっすら見えていた。手前にあるのは丹沢《たんざわ》山地だろう。

八重はおそるおそる顔を上げ、一面の景色に視線を向ける。怯《おび》えの色が徐々に消えて、いつもの祖母が戻ってきた。見たいという意志が恐怖に勝ったようだった。

「ひいおばあちゃん、どこ見てるの」

千夏が首をかしげている。確かに八重が見ているのは富士山ではなかった。もっと手前の場所だ。どうやら渋谷近辺らしい。

「あ、ひょっとしてあそこ？」

曾祖母の視線の先にあるものを、千夏が指で示した。進も同時に気付く。緑にくるまれた茶色い建物の群れ。均質化された街並みの中で異彩を放っている。進がどこよりもよく知っている場所だ。

代官山アパートだった。

「高いところから、一度見たいと思っていたのよ」

八重が低い声でつぶやく。

「……森みたい」

と、千夏が言った。

しばらくの間、三人はただアパートを見つめていた。建築当時は先進的でモダンな住宅だったそうだが、今は東京の一部とは思えない。時間が止まっているようだった。

「私、あそこでひいおばあちゃんと暮らしたい」

沈黙を破ったのは千夏だった。曾祖母《そうそぼ》の腕を取ったまま、感情のこもらない細い声で語り始めた。

「本当はね、私に友達なんか一人もいない……小学校の頃、私を嫌ってる子たちがクラスのリーダーになって、それがずっと続いてる。中学に入っても変わらなかった。

みんな同じ中学に来たから……私が名前を呼ばれる時は、何か命令される時だけ。一人で掃除をやれとか、宿題のノートを見せろとか……他にも色々」

進はクラスメイトたちの写真を思い出した。あの屈託のない笑顔で、自分たちを撮れ、と命令したのだろうか。

「お父さんたちには話してないのか?」

「話してないよ」

千夏は即答した。

「話しても解決しないから。親とか学校に相談すると、結局は先生たちがみんなを集めて説教するんだ。そうすると、あいつは告げ口した、って陰でもっと酷《ひど》い目に遭うの……それで心が壊れちゃった子、いっぱい知ってる」

いじめに耐えかねて死を選んだ中学生のニュースが世間を騒がせている。そこまで至らなくても、追い詰められている子供は無数にいるはずだ。学校という狭い空間で群れからはじかれた人間がどう扱われるか、進も嫌というほど思い知っていた。

「それでも、兄さんたちに相談した方がいいよ。解決できないなら、転校することだって……」

「転校は、駄目だって言われた。お父さんに」

初めて千夏の唇がわなないた。

「反省文のことで、もう転校したいって言ったら、それは根本的な解決にならないって……先生の言うとおり反省文を書くか、正々堂々議論に勝つことを目指すべきだ、逃げ出すのは卑怯《ひきょう》だし無責任だ、って」

進は舌打ちしたくなった。一流大学を出て商社マンになった浩太らしい。理性的な選択肢を示したつもりなのだろう。正論が人を追い詰めることを知らない。

「でも、私は逃げたい……卑怯でもいいから、もうあそこに行きたくない」

こらえきれなくなったように、曾祖母の肩に顔を埋《うず》めて啜《すす》り泣き始めた。皺《しわ》の寄った瘦《や》せた手が、その背中を優しく叩いた。

「本当に辛《つら》い時は、逃げていいのよ」

と、その耳元に囁く。

「卑怯でも、無責任でもない。本当はみんな、そうして生きてきたの」

最初から八重は曾孫の事情を察していたのだ。だから何も尋ねず、自分から打ち明けてくれるのを待っていた。

「ただ……浩太と厚子さんも、千夏の力になりたいと思っているはずよ。だから、二人にも考える機会を与えてあげて」

千夏が顔を上げる。涙の跡は残っていたが、もう泣いてはいなかった。

「……一度帰った方がいい、ってこと?」

ええ、と八重が答えた。

「二人に何もかも話しなさい……話すのに助けが要るなら、進が付いていってくれる」

当たり前のように名前を出されて、進は目を丸くする。まあ、そうなったら付き添いはするが。

「それで何も変わらなかったら、いつでもあのアパートに逃げてきていい」

着物の袂《たもと》から取り出したものを、千夏の手のひらに載せた。小さな鈴のついた真鍮《しんちゅう》の鍵だった。

「これはあの部屋の鍵……あなたが持っていらっしゃい」

ふと、進は違和感を覚えた。その鍵は八重が長年使ってきた元鍵だ。合鍵で事足りるのに、どうしてそうしないのだろう。

「わたしも、あの部屋も、年を取ってしまったから……あなたが逃げてきた時、どうなっているか分からないけれど。万が一の時は、進を頼りなさい」

八重は進の顔を見上げてくる。語りかけるような瞳《ひとみ》に、はっと胸を衝かれた。

(代官山アパートを、出るつもりだ)

娘夫婦のもとへ行く決心をしている。自分の鍵が必要なくなったから、これから必要になるかもしれない千夏に譲った。高所恐怖症を押してわざわざ東京タワーに上ったのは、きっとアパートに別れを告げるためだ。

「うん……分かった」

曾祖母の思いにどこまで気付いているのか、千夏はこくりとうなずいた。そして、古い鍵をしっかり握りしめた。

「ひいおばあちゃん、ありがとう」

成長していく千夏と老いていく八重が、ちょうど同じ高さで見つめ合った。

「千夏と一緒に過ごせて、とても楽しかった。遠い昔……あのアパートに来る前の、若い頃に戻ったようだった。こちらこそ、ありがとう、千夏」

八重の声が湿りを帯びた。まるで別れの言葉のようだ。目頭に熱を感じて、進は窓の外に視線を逸《そ》らした。

代官山アパートが、いつまで今の姿であり続けるのかは分からない。新しい建物に生まれ変わるのは仕方のないことだ。

それでも千夏の逃げ場所は守ってやりたい。この先の変化も見届けようと思う。きっと奈央子も賛成してくれるはずだ。

正午の太陽を浴びて、東京の街は白く輝いている。

八重と千夏は手を取り合ったまま、眼下の光景についてお喋りをしている。かつてどこに何があったのか、今は何があるのか――二人の話題は尽きない様子だった。

この街の一角にある古いアパートへ、そろそろ帰る時間だ。そう切り出すタイミングを、進は待ち続けていた。

みんなのおうち　一九九七

杉岡千夏が代官山駅に降りたのは半年ぶりだった。

改札を出入りする人々はまばらで、誰もスーツや制服を着ていない。平成九年が明けて数日、今日はどこの会社や学校もまだ休みだ。むろん千夏が通っている私立大学も同じだった。

黒いコートのポケットに両手を入れて、千夏は俯《うつむ》き加減に歩いている。代官山通りの手前でようやく顔を上げた。

代官山アパートは跡形もなくなっている。去年の秋に解体され、これからタワーマンションやショッピングモールが建つ予定だ。

ぶるっと全身が震える。心を静めるために深く息を吸った。

杉岡家の者で、最後まで代官山アパートに住んでいたのは千夏だった。ここへ近寄らなかったのは、建物が壊される光景を目にする勇気がなかったからだ。さっぱりした更地はどこか遠い、知らない土地に見える。

つきのさばくを　はるばると
たびのらくだが　ゆきました
きんとぎんとの　くらおいて
ふたつならんで　ゆきました

とぎれとぎれの弱々しい歌声が、耳の奥で蘇《よみがえ》った。最後にここを訪れた時、曾祖母《そうそぼ》の八重が口ずさんでいた童謡だった。

千夏は高校入学と同時に上京し、代官山アパートで暮らし始めた。生まれ育った神戸に友達と呼べる相手は誰もいなかった。

小学校のクラスで浮いていることは自覚していた。大柄で顔立ちも濃く、人好きする性格でもない。悪目立ちするタイプだった。おしゃれな服や小物が好きで、学校に持ちこんでいた外国製の文房具を見せびらかしていると思われていたかもしれない。それでもクラスの輪には一応加われていたと思う。はっきり風向きが変わったのは小学六年生の時だ。

「好きです。付き合って下さい！」

ある日いきなり、同じクラスの男子から大声で告白された。クラスで一番の長身で、サッカーが上手《うま》かった。性格の明るさも手伝って、男子からも女子からも人気はあったが、いきなり他人の手元をひょっと覗《のぞ》きこむような距離の近さが好きになれなかった。

問題は告白の場所が昼休みの教室だったことだ。無頓着《むとんちゃく》だったのか、勇気があるところを周囲に見せたかったのかは分からない。注目されて気が動転したせいもあり、強い調子でばっさりと断ってしまった。

その日から女子たちから嫌がらせを受けるようになった。彼女たちの数人がその男子を好きだったのだ。楽しそうな話の輪からは締め出され、面倒な用事がある時だけ呼びつけられる。きっとそれまでも小さな反感は買っていたのだろう。知らないうちに受けさせられていたテストが、いつのまにか不合格になっていた気分だった。

その男子は中高一貫の私立校へ、千夏は公立中学に進学したが、状況は変わらなかった。むしろ悪くなっていた。小学校で同じクラスだった女子たちが一年生のトップグループに収まったのだ。千夏が大人びて見えたせいか、テレクラで知り合った大人とホテルに行っているとか、彼らからもらった小遣いで服を買っているとか、ありえない噂《うわさ》も立てられるようになった。

使い捨てカメラを教師に取り上げられたのをきっかけに、代官山アパートに転がり込んだこともある。いつ東京へ逃げてきてもいいから、と曾祖母が手渡してくれた部屋の鍵《かぎ》をお守りに、背中を丸めて耐える日々が続いた。

いつも首から提げていたその鍵は、中学二年の春、体育の授業を受けている間に一度制服ごと盗まれた。女子トイレの便器に放りこまれ、牛乳までかけられているのを目にした瞬間、東京の高校へ進学する決心を固めた。

両親に打ち明けると反対された。学校に相談して解決するか、別の中学へ転校するよう勧められたが、千夏は頑として譲らなかった。曾祖母の住んでいる代官山アパートが自分の求める居場所で、それ以外の選択肢は考えられなかった。

代官山アパートにいた叔父の進が説得に当たって、最終的に千夏の両親も折れてくれた。その後も東京での受験や引っ越しに伴う手続きなど、叔父には何から何まで世話になった。

残念だったのは、上京した時すでに曾祖母は代官山アパートを出て、藤沢に住む娘夫婦——千夏の祖父母と同居していたことだ。年を取って足が悪くなり、一人暮らしが難しくなっていた。

「よく無事で、逃げてこられたわね」

藤沢まで会いに行くと、以前と変わらない優しさで迎えてくれたが、一つ気がかりなことがあった。千夏を何度も「愛子」と呼び間違えていた。

入学した東京の高校では、拍子抜けするほどあっさり友達ができた。最初の声のかけ方や当たりさわりのない話題の選び方など、少しでも第一印象が良くなるよう必死に考えてシミュレーションしていたが、入学式の日に隣の女子生徒の方から話しかけてきて、ポケベルの番号まで教えてくれた。

後から聞いた話では、教室に入る前から千夏は目立っていたという。

「入学式の後、廊下で壁に両手を突いて、ストレッチやってるあんたがいてね。背の高い子が鬼みたいなしかめっ面《つら》で念入りにヒラメ筋伸ばしてるの。高校って面白い人がいるな、こういう人と友達になろうって思ったんだ」

おぼろげにしか憶《おぼ》えていなかったが、教室に入る前に極度の緊張をほぐそうと体を動かした気はする。人目について当たり前だ。スポーツやってそう、と初対面でやたらと言われたのは、そのせいだったらしい。

それがきっかけだったわけでもないが、高校では水泳部に入った。自動二輪の免許も取って、安く譲ってもらったバイクでツーリングにも出かけるようになった。これまでとは違う活気に満ちた日々を送るうちに、中学までの記憶は片隅に追いやられていった。

世間ではバブル景気の崩壊や、株価の大暴落が騒ぎになっていたが、千夏の生活にはほとんど影響がなかった。唯一《ゆいいつ》の例外は代官山アパートの建て替え計画が中止されるという噂《うわさ》が流れたことぐらいだった。

望んでアパートに住み始めた千夏にはむしろ嬉《うれ》しいニュースだったが、同じ棟に住む老人に話すと複雑な顔をされた。古くからの住民たちにとって建て替えは当然の流れで、古い建物のままでは不便すぎるというのが共通の認識だったようだ。

「遊びでここにいるわけじゃないからね、私たちは」

棘《とげ》のある言葉に千夏は口をつぐんだ。観光気分でアパートの敷地に入りこんで、勝手に建物を撮影したりする若者が増えていた。歴史があるとかレトロな雰囲気だとか、雑誌やテレビが取材に来ることもあった。引っ越してくる前は、千夏も似たようなイメージを抱いていた。遊びでここにいる、と言われても仕方ないかもしれない。

千夏が大学受験に合格した一九九四年、アパートの再開発計画は今度こそ本格的に動き出した。ショッピングモールやオフィス向けのスペースを含む大規模な複合施設で、代官山アパートの住民たちは優先的に入居できるという。

叔父夫婦はさっそく工事中に住む場所を探し始めた。反対している住民もまだいたが、取り壊される時が近づいているのは誰の目にも明らかだった。

合格を報告するために藤沢に行ったが、曾祖母に建て替えの話はできなかった。もはや日常会話ができる状態ではなくなっていたからだ。

九十三歳の誕生日を迎えた八重は、階段から落ちて骨を折り、ベッドの上で過ごすことが増えていた。自分の今いる場所や家族の顔も分からなくなりつつあった。

「愛子、アパートに帰りましょう」

いつもの優しい声で何度もそう話しかけられた。愛子というのは大正時代に亡《な》くなった曾祖母の妹だという。妹と代官山で暮らしたことはないはずだが、きっとその記憶も曖昧《あいまい》になっているのだろう。他に憶えている家族は夫だった曾祖父だけで、生きている者の名前を口にすることはなかった。もう曾祖母の中に千夏の存在はないのかもしれない。

取り残されたような、侘《わび》しい気分だった。

祖父たちが話し合って、八重を代官山アパートへ半日だけ里帰りさせることになった。誰も口には出さなかったが、住み慣れたアパートに最後の別れをさせてあげようというのが皆の本心だったと思う。

祖父の俊平が運転するワゴン車で八重が運ばれてきたのは、よく晴れた秋の日曜日だった。まだアパートに残っている近所の人たちも出迎えてくれた。

けれども車椅子《いす》で下ろされた八重は、誰の語りかけにも反応を示さなかった。千夏の住んでいる部屋に入っても同じだった。夢見るようなぼんやりした目つきのまま「月の沙漠」を歌い続けていた。

きんのくらには　ぎんのかめ
ぎんのくらには　きんのかめ
ふたつのかめは　それぞれに
ひもでむすんで　ありました

そこが何十年もの間、自分が暮らしていた部屋だということも分かっていない様子だった。見知らぬ別世界を旅している気分なのかもしれない。重苦しい雰囲気の中で、祖父の俊平だけが微笑《ほほえ》んでいた。

「私が子供の頃によく歌っていた童謡だよ。向かいの棟の階段で、妹と一緒に。三階の窓からお義母《かあ》さんが顔を出して聞いていたのを憶えている……このアパートができたばかりの頃だった。きっとお義母さんも好きだったんだろう」

白髪頭の俊平は懐かしむように目を細める。羨《うらや》ましい、と千夏は心の中でつぶやいた。祖父には曾祖母と共有できる思い出があるのだ。

年の瀬が迫る頃、八重は肺炎を患って入院した。数日で熱は下がったものの、一日の大半を病室で眠ったまま過ごしていた。一ヶ月保《も》たないかもしれない、と医師から宣告されたと祖父から聞いた。

明けて一九九五年の正月を千夏は神戸にいる両親のもとで迎えた。八重のことは気がかりだったが、長い休みには必ず帰省してきた。その習慣を変えるつもりはなかった。

千夏は父と母に感謝していた。親元を離れて代官山アパートで暮らしたいという、二人には理解しがたい希望を最終的に受け入れてくれたからだ。東京に移り住んでから四年近く経《た》っていた。

「せめて春になるまで、おばあちゃんには頑張ってもらいたいよ」

父の浩太はそう言って雑煮の汁をすすった。関東風の醬油《しょうゆ》仕立てなのは、東京生まれの父のこだわりだった。

「どういうこと？」

と、千夏が尋ねる。家族三人で迎える元旦《がんたん》の食卓だった。

「東京本社へ転勤になるんだ。もともと転勤でこちらへ来たから、二十年越しにやっと帰れると言った方がいいかな」

つまり栄転ということだろう。父は総合商社の大阪支社に勤務している。鉄鋼製品を扱う事業部で順調に出世してきた。

「それじゃ、一旦代官山に戻ってくるの？」

「いや、どこか会社に近いマンションを借りるさ。代官山アパートはもうすぐ建て替え工事だからね」

「もう荷物の整理も始めているのよ。いい機会だから要らないものは処分しようと思って」

母の厚子も口を開いた。

「正月からする話じゃないが、喪服は奥にしまわない方がいいかもしれないな。俺は会社を休めるかどうか分からんが」

「千夏の喪服も作った方がよくないかしら。もう学校の制服では出られないもの」

両親は淡々と八重の葬式について話している。千夏は黙って耳を傾けていた。四十代になると自分もこうなるのだろうか。曾祖母がもうすぐ亡くなることを、受け止めきれずにいる自分がひどく幼稚に思えた。

一月十六日の深夜、八重が危篤《きとく》状態に陥ったという連絡が入った。病院にいる祖母の恵子からだ。もう終電には間に合わない。叔父一家の車に乗るつもりでいたが、準備を待つうちにいても立ってもいられなくなり、一人で先にバイクで飛び出した。

代官山から藤沢の総合病院までは一時間もかからない。病室に飛びこむと、鼻に管を通された八重が静かに寝息を立てていた。付き添っている祖父母の話では、一度呼吸が止まったそうだが、今は顔色も悪いようには見えなかった。

胸をなで下ろして、神戸の両親にも病院の公衆電話で報告した。既に祖母から連絡を受けていた二人は、寝付けないまま次の電話を待っていた。

それから叔父たちも病院に到着し、何を話すでもなく眠っている八重を見守った。

遠くで電車の走る音がする。もう始発が動いている時刻だ。新しい一日が始まろうとしている。

八重の瞼《まぶた》がかすかに動いた。身を乗り出そうとした時、千夏は足下が揺れていることに気付いた。

「地震かしら」

恵子がつぶやく。大して強くはない。震源地は遠いのだろう。ただ、揺れの間隔が妙にゆっくりで、なかなか止まらなかった。

何となく胸騒ぎがした。

病室を出た千夏は廊下の先にある休憩室に入った。まだ明かりは点《つ》いていなかったが、三、四人の患者がテレビの前に集まっている。千夏と同じように地震速報を見に来たようだ。ブラウン管からの光に人々の顔が青白く照らされていた。

『ただいま東海地方で強い揺れがありました』

アナウンサーの声が流れてくる。続けて各地の震度を読み上げたが、京都や彦根が震度五、岐阜や四日市が震度四と、近畿地方を中心にしたかなり広い範囲が揺れている。情報が錯綜《さくそう》しているのかもしれない。

『神戸、震度六』

冷静なアナウンスに耳を疑う。そんな震度を聞くのは生まれて初めてだ。千夏が住んでいた頃、神戸で強い地震は一度もなかった。両親はどうしているだろう。近くにある公衆電話に飛びついてテレホンカードを入れる。実家の電話にかけても繋《つな》がらない。大変混み合っています、という音声が流れるだけだった。正月の帰省で初めて見せてもらった、父の携帯電話の番号も試してみる。呼び出し音が鳴るだけで誰も出ない。早朝とはいえ眠っているはずがない。ついさっき電話で話したばかりなのだ。

いつのまにか、同じように安否確認の電話をしたい人たちが背後で行列を作っている。一旦電話を離れたところで、叔父の進が千夏を捜しに来た。進に事情を話すと、自分の携帯電話で神戸の家にかけてくれた。その間もテレビは次々に新しい情報を伝え続けていた。

地震の規模はマグニチュード7・2、震源地は淡路島。やがて神戸市内でマンションが倒壊していることや、ガス洩《も》れが発生していることが伝えられた。燃えさかる街の映像が流れたところで、千夏の体が震え始めた。

歴史の教科書でしか見たことがない、大規模な地震が起こったと確信した。両親はそれに巻きこまれたかもしれない。病室に戻って祖父たちに伝える。よほど気が動転していたのだと思う。祖母の恵子に何度も背中を撫《な》でられたのを憶えている。

「今は待つしかないよ。大丈夫、きっと無事だ」

祖父の俊平も言ってくれた。

でも、本当にそうだろうか。

両親は東灘区にある借家に長年住み続けている。通勤に便利な駅近くのマンションを選ばなかったのは、代官山アパートで生まれ育った父が、木造の一戸建てに憧《あこが》れていたからだという。建物は古く、地震や火事に強いとは思えない。

無事を確かめに行きたい。でも、鉄道は動いておらず、高速道路は通行止めだという。一般道路も避難する車や、逆に救助に向かう車で大渋滞だろう。行こうにも手段がない。

ふと、一つの考えが閃《ひらめ》いた。

(バイクで行けば、渋滞は関係ないかも)

ツーリングを兼ねて帰省したこともある。高速道路で行けるところまで行き、後は一般道路を走る——いや、こういう時こそ冷静に考えるべきだ。余震も続いている。安易に駆けつけて、かえってこの災害に巻きこまれるかもしれない。

かすかな衣《きぬ》ずれが聞こえる。大きく目を開けた八重が千夏を凝視している。わなないた唇が開く。何か話したいことがあるのかもしれない。千夏は枯れ葉のような手を握った。

「ひいおばあちゃん、どうしたの」

耳を近づける。息づかいに混じって、小さな声が聞こえてきた。

それを耳にしたのは千夏だけだ。八重は話ができる状態ではなかったと思う。喉《のど》が鳴ったのを聞き違えただけなのかもしれない。けれど二年経った今でも、千夏は曾祖母の言葉をはっきり聞いたと信じている。

いきなさい、と八重は言っていた。

「行ってきます」

そう答えて、千夏は立ち上がった。


千夏は東名高速を駆け抜ける。名古屋に近い小牧のインターチェンジで、名神高速に乗ったところまでは順調だった。むしろ交通量は少ないぐらいだった。しかし、そのあたりから徐々に混み始め、通行止めになっている彦根の手前では完全に徐行運転になっていた。

インターチェンジを降りて一般道路で現地へ向かう。県境を越える前、公衆電話から叔父の携帯電話にかけて近況を聞いた。千夏の両親の安否は分からないままだ。二人から無事の連絡もないという。

神戸に近づくにつれて渋滞がひどくなり、救急車や消防車両も動けずにいる有様だった。尼崎のあたりから道路のひび割れや地割れも増えた。

倒壊して屋根の形しか分からない家々、一階が押しつぶされたマンション、傾いた電柱のそばを慎重に通り抜けていく。火災の黒煙も常にどこかから流れてくる。必死に瓦礫《がれき》を取りのけている人々の上を、爆音とともにヘリコプターが飛び回っていた。たぶん下水道が寸断されているせいだろう。ヘドロのような生臭さが、焦《こ》げ臭《くさ》さと入り混じって鼻を突き上げる。炎の前で立ちすくむ人たち、焼け跡にうずくまる人たちを何度か目にした。何が起こったのか、バイクを停めて尋ねる余裕もなかった。父や母の無事を確かめなければ、という考え以外を頭から追い出すしかなかった。

火事の炎を避け、通行できない道路を迂回《うかい》し続けて、どうにか東灘区に入ったのは夕方だった。

後から振り返ると、その日のうちに辿《たど》り着けたのは奇跡だったと思う。阪神高速道路の橋脚が折れ、横倒しになっている姿に啞然《あぜん》とした。崩れた建物はそこかしこで輪郭を失って、大きな瓦礫の山に沈みかかっている。

　十五歳まで暮らしていた街は、この世のものとは思えない場所に変わっていた。飛び石のように無事に残った建物を目印にして、ようやく実家の前にバイクを停めた。「杉岡」の表札がかかった門柱に西日が射《さ》している。

　最初に目についたのは、自分の部屋の窓だった。三宮のデパートで母に買ってもらったカーテンがかかっている。二階だったその部屋は、今は千夏の目線と変わらない高さにある。一階は押しつぶされていた。

　両親の寝室も、電話のある居間も一階にあった。

　千夏は震える手で自分の口を覆《おお》った。蓋《ふた》をしていた恐怖がせり上がってくる。その瞬間、倒壊した一階のどこかから、けたたましい呼び出し音が響き渡った。

　父の携帯電話だった。

　千夏は顔を上げる。この建物のどこかで、二人はまだ生きているかもしれない。

「お父さん！　お母さん！」

　背中を震わせて叫んだ。歪《ゆが》んだ門を蹴破《けやぶ》るように庭へ入る。こんな風に両親がいなくなるなんて、あっていいはずがない。全身の血が煮え立つようだった。そんなことを自分は絶対に許さない。捜すんだ。必ず助けるんだ。

「……千夏？」

背後から声が聞こえた。振り向くと門のそばに人影がある。

千夏は庭の飛び石にくたくたと座りこんだ。部屋着のセーターに男物のカーディガンを羽織った、ちぐはぐな服装の母が立っていた。全身に煤《すす》や埃《ほこり》をかぶっている。左手に巻かれた包帯だけが真っ白だった。

「千夏から電話があった後、お母さんだけ二階の納戸《なんど》に行ったのよ。おばあちゃんはひとまず落ち着いたと聞いたけれど、万が一のことがあるでしょう。荷造りをしておこうと思って。お父さんは下の和室で新聞を読んでいたみたい」

母の厚子は歩きながら、なにがあったのか少しずつ話をしてくれた。

「そうしたらあの揺れが来て……二階の納戸に重いものを置いていなかったのが良かったんでしょうね。手を挫《くじ》いたぐらいで、お母さんは何ともなかった。千夏の部屋の窓から外へ出たら、うちがあんなことに……お隣の磯田《いそだ》さんも手伝って下さって、お父さんを助け出したの。すぐに病院へ運んだわ」

「お父さんの怪我《けが》は？」

千夏はおそるおそる尋ねる。二人が向かっているのは近くの病院だ。母は近所の人に付き添いを代わってもらって、その間に着替えや身の回りのものを取りに来たところだった。母の代わりに千夏がボストンバッグを肩にかけている。

「急いで座卓に潜りこもうとしたけれど、体が半分しか入らなかったそうよ。脚と腰の骨が砕けてしまったの。意識もさっき戻ったばかりで……東京にも連絡しようと思ったけれど、お父さんの携帯電話は見つからないし、使える公衆電話も見つからなくて」

「あれは？」

千夏は歩道にある電話ボックスを指差した。ガラスは割れているが、中の電話は無事のようだ。電話線も切れていない。停電の時でも硬貨を入れれば電話はかけられるはずだが。

「使えないのよ。よく見て」

言われるまま覗《のぞ》きこむと、投入口から十円玉がはみ出して入らなくなっていた。

誰でも無事を伝えたい相手がいて、相手の方も連絡を待っている。

病院にいる自分の親戚《しんせき》たちの顔が頭をよぎった。一刻も早く二人が生きていることを伝えたかった。

「八重おばあちゃんのところに行っていたのに、千夏はここまで来てくれたのよね」

「ひいおばあちゃんに、行きなさいって言われて」

「……そう」

平たい声で相づちを打つ。本当に言われたの、とは尋ねられなかった。いつのまにか立ち止まった母が、包帯の巻かれた手を無事な手で固く摑《つか》んでいる。

「お母さん？」

「あなたが来てくれて嬉しかった」

生気のない唇がわなないた。

「本当に助かったわ……ありがとう。ありがとう」

顔を伏せて嗚咽《おえつ》を洩らし始める。そんな風に泣く母を見るのは初めてだった。何十年に一度の大災害で住み慣れた家を失い、夫も重傷を負って心細くなかったはずがない。今日一日ずっと耐えてきたのだ。親子で抱き合ううちに、千夏の両目にも熱いものがこみ上げてきた。

病院の建物には怪我人だけではなく、避難してきた人々が溢《あふ》れかえっていた。

父の浩太は病棟の廊下でストレッチャーに寝かされて点滴を受けていた。床に横たわっている患者も多い中で、数少ない備品を与えられているのは、それだけ怪我が重いことを意味している。病院に運びこまれるのが遅かったら、命に関わっていたかもしれない。

「遠いところを済まなかったな。大変だったろう」

天井を向いたまま、父はかすれた声で言った。

「全然。大したことないよ。一日で着く距離だもの」

突然、浩太はちぐはぐな笑みを浮かべた。何かを思い出した様子だった。

「どうかしたの？」

と、厚子が尋ねる。

「病院に担《かつ》ぎ込まれるなんて、子供の頃以来だと思ってね……二人とも知ってるだろう。代官山アパートで火事があって、危ないところをおばあちゃんに助け出されたんだ」

その話は叔父の進から聞いている。原因は幼かった進の火遊びで、炎の中に飛びこんだ八重が浩太を抱えて三階から駆け下りたという。

曾祖母は物静かだけれど、いざという時には強さと決断力を持つ人だ。昔、千夏に逃げていいと鍵をくれた時も、全く迷う様子はなかった。

「そういえば、さっきおばあちゃんが夢に出てきたよ」

父は言葉を継いだ。まだ夢を見ているような、ぼやけた口調だった。普段はこんなとりとめのない話をする人ではない。きっとまだ意識がはっきりしていないのだ。

「おかしな夢だった……おばあちゃんの引いた駱駝《らくだ》で、この病院に運ばれてくるんだ。死んだおじいちゃんも一緒だったな。この病院の前で俺を下ろして、二人はそのまま行ってしまうんだ……」

千夏の顔が硬く強張《こわば》る。曾祖母の歌声が脳裏をよぎった。

さきのくらには　おうじさま
あとのくらには　おひめさま
のったふたりは　おそろいの
しろいうわぎを　きてました

病院の公衆電話から、進の携帯電話に繋がったのは夜も更《ふ》けてからだった。

夕方に八重が息を引き取ったことを、その時に聞かされた。

それから二年経った今、千夏は代官山アパートの跡地のそばにいる。

借り物の一眼レフで何枚か写真を撮ってから、その場を離れて再び東横線に乗った。

取り壊される現場をこれまで見に来なかったのは、震災の記憶がまだ生々しく残っていたからだ。

学芸大学駅で降りた千夏は、近くにあるファミリー向けのマンションに入った。インターフォンを鳴らすと、返事よりも先にドアが開いた。ドアノブよりも背が低い小さな男の子が立っている。線を引いたような一重まぶたと薄い唇は叔父によく似ていた。

「こんにちは、友希《ともき》」

千夏は目線を下げて挨拶《あいさつ》した。叔父夫婦の息子で、もうすぐ三歳になる。千夏にとっては年の離れた従弟《いとこ》だ。

「こんにちは」

不器用にはにかんで、ぐいぐい千夏の手を引っ張る。リビングへ連れられていくと、叔父の進と叔母の奈央子が迎えてくれた。代官山アパートの再開発が終わるまでの間、叔父一家が借りている賃貸マンションだった。

「叔父さん、写真撮ってきた」

千夏はカメラを返す。進は代官山の工事現場を定期的に撮影している。記録を取っておきたいのだという。千夏が代官山に行くと話したら、カメラを託《たく》されたのだった。

「どうでした、代官山に行ってみて」

奈央子が二人分のコーヒーをリビングのテーブルに置く。進は隣の和室で息子のブロック遊びを真剣に手伝っていた。意外にまめまめしく子供の面倒を見ている。四十を過ぎてやっと授かったせいかもしれない。

「うん……本当に何もなくなってた」

二人は揃《そろ》ってコーヒーを口にする。奈央子とは初めて会った時から相性がよかった。変わった人ではあるけれど、話してみると親切で頼りがいがある。親に言えないことはいつも奈央子に相談していた。

「来月の起工式、どうします？　私たちは行けないんですけれど」

新しいマンションの起工式には代官山アパートの住民たちも出席できる。

「私も行けないかな。大学の定期試験があるから」

四月からは四年生になる。もう就職活動も始めている。単位の取りこぼしは避けたかった。

「うちの両親は行くみたい」

「お義兄《にい》さん、お元気ですか」

「元気だよ。今も杖《つえ》は突いてるけど」

震災の後、父の浩太は移送された大阪の大学病院で手術を受け、さらに東京にある別の病院で何ヶ月もリハビリに励んだ。

仕事に復帰するまで半年近くかかったが、勤務先は横浜にある子会社の管理部門だった。左遷《させん》されたわけではなく、本人が残業の少ない部署を希望した結果だ。命を落としかけて、妻と過ごす時間を大切にしようと決めたのだという。

「人間、いつどうなるか分からないからな」

妙にさっぱりした顔つきで笑っていた。母はとても喜んでいる。

最近、千夏はあの震災のことをよく意識する。やがて二年、と何かの記念日のように報じられているせいもあるが、理由はそれだけではなかった。

「なにかありました？」

視界の外から質問が飛んでくる。頬杖を突いていた千夏は思わず顔を浮かせた。奈央子がまばたきせずにこちらを見つめていた。

「昨日の夜、ここで食事した時も、少し変でした」

千夏は進と友希のいる和室を窺《うかが》った。ブロックのパーツを大量に使って、かなり大きなものを作っているようだ。こちらには完全に背中を向けている。千夏たちの話を聞いている様子はなかった。まあ、聞かれても別に構わないけれども。

「小学生の頃、同じクラスの男の子から告白された話、したことあるでしょう」

「はい。神戸に住んでいた頃の話でしたね」

「その人が、あの震災で亡くなってたってこの前分かったの」

千夏は息をついた。奈央子は続きを待っている。

「私、震災の前の大晦日《おおみそか》、その人とばったり会ったんだ。新神戸の駅で」

新幹線を降りて、実家へ向かっている時だ。杉岡、と改札口の手前で声をかけられた。登山にでも行くような、バックパックを背負った青年が立っている。名前を聞くまで誰なのか分からなかった。

人懐《ひとなつ》っこさや距離の近さは変わらなかったが、昔ほどの威圧感を覚えなかった。昔ほど身長差がなかったせいかもしれない。千夏の背が高くなっていたのだ。

今なにしとう、と屈託なく尋ねられて、東京の大学に通っていると答えた。彼も同じだという。彼の方は正月からバイトがあるので早めに帰省して、東京のアパートへ戻るところだった。どこの大学に通っているかを聞いて驚いた。千夏の在籍する大学とすぐ近所にキャンパスがある。よく利用するカフェやコンビニもかぶっている。

そこまで話した時、彼は発車時刻の案内板を見上げた。これから乗る新幹線がもうすぐ到着するらしい。

「今度、そっちの大学まで会いに行くわ」

唐突にそう言い残して、新幹線のホームに走っていった。ただの社交辞令で、本気で会いに来るとは思っていなかった。東京に住んでいる学生が、震災に巻きこまれているとも想像もしていなかった。

「社交辞令では、なかったんですか」

千夏はうなずいた。それを知ったのは、大学のそばにあるバイト先のカフェに、彼の大学の友達が偶然働き始めたからだ。

神戸出身だと言うと、彼は震災で亡くした友人のことを話した。

初恋の人が近所の大学にいるのが分かった、と興奮気味に電話してきたという。連絡先を聞きそびれたと悔しがってもいたらしい。姉の結婚式があってまた実家に戻るけれど、それが済んだら必ず会いに行くつもりだ――。

結局、東京に戻ることはなかった。

「正直言って、私の方は会いたいと思ってなかった。その人のせいじゃないけど、告白されたのがきっかけで色々あったわけだし……でも、私が会いたくなかったことも、それがどうしてなのかも、もうあの人が知ることはないんだって思うと……」

千夏は口をつぐんだ。このもやもやした感情を、どう言葉にしたらいいのだろう。

「くやしい、でしょうか」

　奈央子が低くつぶやいた。

「え？」

「八重おばあさんがおっしゃったことがあるんです。まだ代官山にお住まいの頃ですけど……誰かが亡くなると、くやしいものよね、って」

　くやしい。心の中で千夏はつぶやいた。その表現はなぜかしっくり来る。

「ひいおばあちゃんは、誰が亡くなった時にそう思ったのかな」

「さあ……でも、少し分かる気がします。実は私、両親とうまく行っていなくて、二十年前に絶縁したきり、一度も顔を合わせていないんですけど」

　いつもの調子で始まった深刻な告白に絶句した。全く知らない話だった。

「え……本当に？」

「はい。子供への愛情が薄い人たちで、学費もろくに出してくれませんでした。アルバイトをしながら高校を卒業して、奨学金で大学に通ったんです」

　そういえば、この叔母から肉親の話を聞いた記憶がなかった。新婚旅行先のハワイで二人だけの結婚式を挙げていたのも、奈央子の両親を呼べなかったせいかもしれない。

「絶縁したことは後悔していませんが、今この瞬間に二人がいなくなったら、やっぱり複雑な気持ちになると思うんです。一方が亡くなってしまうと、関係が変わる可能性はなくなるじゃないですか。よくなるにせよ、悪くなるにせよ。それを一言でいうと……」

「……くやしい」

「そんな気分です」

二人は黙りこんだ。誰にでもそういう割り切れない気持ちはあるのかもしれない。

八重がどういうつもりで口にしたのかは分からない。けれど少なくともその言葉に共感している女がここに二人いる。それだけでも意味があると思いたい。

「おねえちゃん！　みて」

突然、色とりどりのブロックが視界を遮った。出来上がったものを友希が抱えてきたのだ。

それは大きな二階建ての家だった。三角の屋根があり、窓があり、両開きのドアがある。どのパーツも左右対称にきちんと配置されている。

「みんなのおうち、できたよ。すごいでしょ」

誇らしげに胸を張る。確かに幼児が作ったとは思えない出来だった。ほとんど父親が作ったのだろう。

「最近、ブロックで家を作るのがこの子のブームなんです」

奈央子が説明してくれる。

「これから建つマンションのことを、私たちがよく話しているせいだと思うんですが」

千夏は窓から建物の中を覗きこむ。家具らしいパーツも整然と配置されている。ドアを開けてもっとよく見ようとすると、ぎゅっと指を掴まれた。

「かぎ、あけないとはいれないよ。ちょっとまってて！」

と、隣の和室に駆けこんでいく。子供らしい妙なこだわりだった。

「かぎ、かして！」

和室にいた父親の膝《ひざ》に上がり、ポケットを勝手に探る。進は渋い顔をした。

「鍵はいいけど、お姉ちゃんたちの話、邪魔したら駄目だろう」

友希はお構いなしに目的のものを引き抜いて駆け戻ってきた。その手に握られている鍵に、千夏は目を瞠《みは》った。真鍮《しんちゅう》製の古びた鍵。代官山アパートで使われていたものだった。

「はいどうぞ」

と、差し出してくれる。進が使っていた鍵だろう。建物がなくなった今も、処分せずに持っているのだ。千夏は思わず微笑んだ。

「それは友希のだよ。お姉ちゃん、自分の鍵を出すから」

さっき脱いだコートから、そっくりの真鍮製の鍵を出した。中学生だった頃、八重からもらったものだった。今でもお守り代わりに持ち歩いている。

友希が目を輝かせた。

「おんなじだ！」

「そうだね。お姉ちゃんとお揃《そろ》いだよ」

どちらの鍵も、最初の持ち主はもうこの世にいない。人の命は必ず終わる。そのことをこの子もいつか理解するだろう。

代官山アパートの跡地に建つマンションには、千夏も引っ越すつもりでいる。進たちも千夏の両親も住む。人は入れ替わり、家も変わっていく。

きっとこの先も色々なことが起こるだろう。

嬉しいことも、悲しいことも、家族で分かち合って生きていけたらいい。

「一緒に開けようか」

千夏たちは二本の鍵をドアにあてがって、同時に回す真似《まね》をした。

「ただいま!」

友希の大きな声が明るいリビングに響いた。

エピローグ　一九二七

夫の竹井が鍵《かぎ》を開けて、アパートの部屋へ入っていく。

八重もこわごわその後に続いた。自分が三階にいると思うと足下が落ち着かない。今まで住んできた平屋の屋根よりも高い場所に、これから住むことになる。

狭い玄関から板張りの床に上がり、一通り中を見て回った。四畳半と六畳の二間に小さな台所と洗面所。家具のない今はそれなりに広く見えるが、暮らし始めれば手狭に感じる気がする。二人は引っ越しの準備を進めているところだった。

今、竹井と暮らしている借家はここよりも広い。内々の祝言《しゅうげん》も昨日そこで挙げた。家賃もこの最先端の新しいアパートよりずっと安く、八重はわざわざ引っ越す必要を感じていない。しかし、方々に手を尽くしてここで暮らしたがっている竹井に、水を差すようなことはしたくなかった。

「衛生的ですね。部屋も明るく見える」

南向きの四畳半で夫は部屋を見回した。天井や壁は白い漆喰で覆《おお》われている。

「この部屋を居間に使いましょうか。日当たりもいいですし」

八重は曖昧《あいまい》にうなずいた。衛生的を通りこして病院や療養所を思わせる。漆喰の壁に触れると、汗をかいたようにじっとりと濡《ぬ》れていた。彼女は思わず眉《まゆ》をひそめる。

「壁の中から湿気が染《し》みだしているんです。新築のコンクリート造の建物によくあるそうです。乾燥すればそのうち収まります」

竹井はいつもより多弁で口調も明るい。希望通りの新居に住めることが嬉《うれ》しいようだ。弾んだ気持ちになれない自分が申し訳なかった。

ここは自分のうちだと思える日が、いつか来るのだろうか。

八重には分からなかった。

「八重さん、これを」

名前を呼ばれてどきりとする。結婚が決まってから「お義姉《ねえ》さん」とは呼ばれなくなっていた。

竹井は真鍮《しんちゅう》の鍵《かぎ》を差し出している。さっき扉を開ける時に使ったものだった。

「一本、持っていて下さい」

八重は黙って受け取った。鍵を渡されるのは当たり前だ。真鍮には竹井の温もりが残っている。昨晩、彼の手のひらが熱かったことを思い出して、八重は気恥ずかしくなった。

この部屋で、これから二人で暮らしていく。初めてその実感が湧《わ》いた。

「なにか必要なものや、欲しいものはありますか」

そう尋ねられて、八重は答えに詰まった。薄縁《うすべり》に目を落として胸のうちを探ったが、なにも思い当たらなかった。このモダンな住まいが自分に似合っているかは別にして、十分すぎるものを用意してもらっている。

「今は、特に」

その答えは意に反して素っ気なく響いた。彼の申し出に何の興味もないように。急いで言葉を継いだ。

「竹井さ……」

八重はその呼びかけを呑《の》みこんだ。もう自分も竹井なのに、そんな風に呼ぶのはおかしい。もう夫婦なのだ。

「あなたには、ありますか……そういうものが」

もし自分に用意できるものなら、彼の希望に応《こた》えたかった。

「ありません。もう十分です」

夫は微笑《ほほえ》みながら窓を開ける。秋の涼風が湿った空気と入れ替わっていく。それから、ふと改まった表情で振り返った。

「いや、一つだけありました。もしできれば、ですが」

しばらくためらってから、彼は口を開いた。

「新しい家族が、欲しい」

想像もしていなかった答えに戸惑った。

今まで子供のことは八重の頭にまったく上っていなかった。関東地震で妹を亡《な》くしてから、漠然と余生を過ごしている気分だった。その余生に妹の婚約者だった竹井が加わっただけのつもりでいた。

それ以上のことなど、考えたこともなかった。

「……家族」

口の中でつぶやく。言われてみれば、ここで暮らしていくのが二人とは限らない。子供が生まれれば家族は増える。その子供も大きくなって、自分の家族を築いていくかもしれない。それぞれの両親に育てられた八重と竹井が、こうして新しい暮らしを始めようとしているように。

「あまり深刻に受け止めないで下さい。おいおい考えていければ、というだけで」

竹井が慌《あわ》てたように付け加える。突然そう言われても、確かに頭はまだ追いつかなかった。

けれども、考えてもいいのだ。

この先、自分がどんな風に生きていくか——どんな家庭をここで築いていくか、これからの日々をどう過ごしていくかを。

ほんの少し許された気分で、八重はさっき渡された鍵をそっと握りしめた。

《参考文献》

佐藤滋、高見澤邦郎、伊藤裕久、大月敏雄、真野洋介『同潤会のアパートメントとその時代』（鹿島出版会）
宮澤小五郎編『同潤会十八年史』（青史社）
藤森照信、初田亨、藤岡洋保編著『写真集　幻景の東京　大正・昭和の街と住い』（柏書房）
マルク・ブルディエ『同潤会アパート原景　日本建築史における役割』（住まいの図書館出版局）
『Design of Doujunkai　甦る都市の生活と記憶　同潤会アパートメント写真集』（建築資料研究社）
橋本文隆、内田青蔵、大月敏雄編『消えゆく同潤会アパートメント　同潤会が描いた都市の住まい・江戸川アパートメント』（河出書房新社）
西山夘三『住み方の記』（筑摩叢書）
中林啓治『記憶のなかの街　渋谷』（河出書房新社）

倉石忠彦編著『渋谷学叢書1　渋谷をくらす　渋谷民俗誌のこころみ』（雄山閣）
宮脇俊三『昭和八年　澁谷驛』（ＰＨＰ研究所）
渋谷区教育委員会編『渋谷の記憶　写真でみる今と昔』（渋谷区教育委員会）
『昭和史全記録　Chronicle 1926-1989』（毎日新聞社）
『昭和　二万日の全記録』（講談社）
週刊朝日編『値段の明治・大正・昭和風俗史』（朝日新聞社）
『時刻表復刻版　戦前・戦中編』（日本交通公社出版事業局）
金井圓、石井光太郎編『神奈川の写真誌　関東大震災』（有隣堂）
『完全復刻アサヒグラフ　関東大震災／昭和三陸大津波』（朝日新聞出版）
外岡秀俊『地震と社会「阪神大震災」記』（みすず書房）
塩崎賢明『復興〈災害〉阪神・淡路大震災と東日本大震災』（岩波新書）
小林哲夫『高校紛争 1969-1970「闘争」の歴史と証言』（中公新書）
大村亨『「ビートルズと日本」熱狂の記録』（シンコーミュージック・エンタテイメント）

解説

北上次郎

静かな小説だ。

たとえば、真ん中から少しあとに「この部屋に君と」という章がある。竹井光生が語り手となるパートだ。彼は七十七歳になっている。末期の胃癌《いがん》で入院し、一晩だけの外出許可が出て、長年暮らしてきた代官山アパートに帰ってきたところである。たぶんこのアパートで会うのはこれが最後の機会と思い、孫の浩太が妻厚子、曾孫《ひまご》の千夏を連れて神戸から帰ってきている。

「おうち、うれしい？」と曾孫に聞かれ、「そう、嬉《うれ》しいよ、恵子」と言ってから、ため息をつく。曾孫の千夏にむかって、娘の名前を呼んでしまったのだ。千夏にとって恵子とは祖母の名前であるから、そう呼ばれてきょとんとしている。

そして竹井は、遥《はる》か昔のことを思い出す。そのくだりを引く。

よちよち歩きの恵子と手を繋《つな》いで、夕方のアパートの階段を一歩ずつ上っている。丈の短いワンピースは八重の手作りだ。最初の踊り場に着いた途端、ぐんと背も髪も伸びてランドセルを背負った小学生になった。夢だけあって時代も簡単に飛び越える。ランドセルを揺らしながら、一段飛ばしして駆け上がっていく。

二階に着いたところで立ち止まり、ダンサーのようにくるりと回る。一瞬でモンペをはいた女学生に成長した。今度は肩を落としてのろのろと階段を上っていく。戦時中、出征していく俊平を見送った日の恵子だ。

夢の中の回想はまだ続いていくが、ここまでにしておく。ここに出てくる八重は竹井の妻。俊平は竹井の娘・恵子の幼なじみで、のちにこの二人は結婚し、その長男浩太の娘が千夏だ。

曾孫の千夏が、娘の恵子に似ているということもあるが、竹井が千夏に向かって「恵子」と呼びかけてしまうのは、自分が若くて娘が幼かったころの記憶が鮮やかに残っているからである。意識が明瞭《めいりょう》のときはそれでも千夏に向かって「恵子」と呼ぶことはないと思われるが、意識が混濁してくると、いまと昔の境が曖昧《あいまい》になるので、古い記憶が具体的な映像になって蘇《よみがえ》ってくるのだ。

このくだりで感じ入ってしまったのは、私もしょっちゅう昔に戻っているからである。たとえば自宅から駅に向かう途中、線路際《せんろぎわ》に咲く花を見かけると、ふと立ち止まる。長男がまだ二歳か三歳だったころのことを思い出すのだ。散歩の途中で道端の花をみかけると「はなーっ！」と指さして立ち止まったこと。あるいは踏切の前で電車が来るのを待っていたこと。幼い彼は電車が好きで、指さしながら「でんしゃーっ！」と言うのだ。あれから四十年近くたっているので、そうやって道端で、あるいは踏切の前で立ち止まったことを彼は忘れているだろう。しかし私は忘れない。そういう記憶の中に家族はいるのだ。

七十七歳の竹井光生が曾孫の千夏の横で、遥か昔のことを思い出すくだりで、私もまた、みんなが若く、家族の笑顔が溢《あふ》れていたころを思い出していた。遠い記憶が静かに蘇ってくる。この小説はそういう力に満ちている。だから、読んでいるとなんだかざわざわしてくる。

本書は、一九二七年から一九九七年までの七十年間を描く小説である。八重と竹井が結婚して恵子が生まれ、幼なじみの俊平と結婚した恵子が浩太と進を産み、浩太の娘千夏がやってくる。一家四代にわたる大河小説だ。

その七十年は、関東大震災、太平洋戦争、バブル景気に阪神淡路大震災など、動乱の時代といってよく、この一族も時代の荒波に翻弄《ほんろう》されるが、それを強調しすぎていないのもいい。時代の変化を背景にとどめ、淡々と静かに描いているのだ。

たとえば、八重が竹井と初めて会うシーン。竹井は見上げるような大男で、顔はいかついが生真面目《きまじめ》な性格のように思える。そのときは妹愛子の婚約者として八重の前に現れた。それまで多くの男から求婚されながらことごとく断ってきた愛子がなぜ竹井と婚約したのか、八重が尋ねると、

「他の人たちは色々なことを喋《しゃべ》って、わたしにも喋らそうとしていたけれど、あの人だけはそうしなかった。わたしは無口な人の方が好き。だって、無口な姉さんとずっと暮らしてきたんですもの」

と愛子は言う。この理由を聞いた八重の述懐がいい。これまでの求婚者たちに同情するのである。「色々なことを喋って」いたのは、少しでも愛子の気を引こうと必死だったからに違いない。それらは無駄な努力でしかなかったとは気の毒だ、と八重が思うくだりだが、これは竹井と八重の性格を象徴的に描く箇所だろう。

こういうふうに、前面にいる人間に的確な焦点を合わせている構成がいい。私がいちばん好きなのは、進の結婚相手が出てくるくだり。紆余曲折《うよきょくせつ》のはてに再就職した医学雑誌の出版社に、女子大を卒業して入社してきたのが、奈央子。進が三十代後半に

なるまで結婚しなかったのは、彼の消極的な性格が影響している。進は祖母の八重に似ているのだ。だから、恋愛や仕事でいい目を見た経験がない。このかなり前に、進が告白して振られる挿話があるが、読書の興を削《そ》がないように、その詳細はここに書かないでおく。それはともかく、そういう進が、奈央子と親しくなる。その奈央子は次のように描かれている。

「態度も言葉遣いも表情も常に硬く、社内でも変わり者と評判だった。まばたきしない大きな両目は、美しさより眼光の強さの方が印象に残る。たまに男性社員から誘われても、ことごとく事務的に断ってきたらしい」

ようするに恋愛や結婚というものに思い入れがなく、一人で生きていけるし、日々充実もしていたと奈央子は言う。そういう女性が進と親しくなるのだ。この造形がいい。世界は捨てたものではない。

お断りしておくが、ここまで紹介してきたのは、本書のほんの一部にすぎない。もっとたくさんの、さまざまな人がいて、彫りの深いドラマがある。たとえば、中学生の千夏が家出してきて、七十代後半の八重、結婚直前の進と三人で一緒に暮らし始めるくだりもなかなかにいいが、その詳細も読んでのお楽しみにしておこう。

重要なことを書いてこなかった。彼らが住んでいるのは同潤会代官山アパートである。書名にもなっている同潤会アパートメントとは、関東大震災直後に建てられた「日本最初の近代集合住宅」である。建設は大正十四年に始まり、中之郷《なかのごう》、清砂通り、青山、柳島などで次々に作られた。中には独身者に限定した大塚女子アパートがあり、ここで十七歳から三十二歳までの十五年間を過ごした戸川昌子《とがわまさこ》は、このアパートを舞台にした『大いなる幻影』を書いて江戸川乱歩賞を受賞した。その大塚女子アパートの写真が残されているが、五階建ての立派な建物で、アパートというよりも結構立派なビルに見える。

つまり、同潤会アパートは各地にあったということだが、代官山に同潤会アパートが出来たのは一九二七年、竹井と八重が入居したのも同一九二七年であるから、出来てすぐだ。窓の外から子供たちの明るい歌声が聞こえてくるシーンから、その一九二七年のパートが始まっているのがとても象徴的だ。昭和恐慌が始まる直前で、漠とした不安はあったものの、新しい住まいで新しい生活を始める期待がここに漂っている。

同潤会代官山アパートは一九九六年に解体され、いまは残っていないが、敷地内には文化湯という銭湯があり（各部屋に風呂《ふろ》は付いていなかった）、また住民が利用する食堂があったという。一九八〇年代の初め、その食堂でサザンオールスターズのインタビューが行われたことがあると、泉麻人がエッセイで書いている。

この同潤会代官山アパートに第二次大戦中、二年八ケ月を過ごした西山《にしやま》夘三《ぞう》は『住み方の記』（一九六五年・文藝春秋新社／日本エッセイスト・クラブ賞受賞）で、そのころのことを書いていて興味深い。西山夘三が入居していたのは、六帖《じょう》＋四帖半タイプの部屋で（このタイプと、八帖＋三帖タイプが主で、あとは六＋四半＋四半とか、八＋四半＋三といったタイプもあったという）、それで家賃が十六円。当時の月給が二百円なので、収入の八パーセントで鉄筋コンクリートの部屋に住めるのはありがたかったと西山夘三は書いている。

六帖＋四帖半はいかにも狭いこと、特にアパートの土間と床面との高低差が十五センチしかないので靴の紐《ひも》を結ぶときに困ったことなどの不満もあったが、水洗便所なので臭気が鼻をつくことはなかったというのも印象深い。食堂は団地中央の三階建ての建物の一階にあり（客は主に居住の独身者）、浴場はその裏手にあり、戦局の切迫とともに休日が多くなっていったというのも貴重な証言だろう。

人々の近代的な生活が始まる昭和の初めから七十年間の、言葉を変えれば、みんなが一緒に暮らしていた団欒《だんらん》から、それぞれの暮らしを始めるためにばらばらになるまでの七十年間の、その家族の歴史を描いたのが本書である。同潤会アパートが人々の期待を集めて建設され、やがて古びて使いにくくなり解体されるという歴史を一方におけば、そういう家族の物語の舞台に、同潤会代官山アパートは実にふさわしい。
最後になるが、三上延の作品が新潮文庫に入るのはこれが初めてということなので、簡単な略歴を書いておく。三上延は電撃小説大賞に応募した『ダーク・バイオレッツ』で二〇〇二年にデビュー。二〇一一年に発表した古書ミステリー『ビブリア古書堂の事件手帖《てちょう》』がヒットして、以降シリーズ化されたのは広く知られている。ライトノベルと呼ばれる作品を書いてデビューした作家が、のちに一般文芸に転じて現代エンターテインメント界に刺激を与えるというケースは近年少なくないが、三上延もそういう作家の一人なのである。今後のさらなる活躍に期待したい。

（二〇二一年十二月、文芸評論家）

この作品は二〇一九年四月新潮社より刊行された。

伊坂幸太郎著

オー！ファーザー

一人息子に四人の父親!? 軽快な会話、悪魔的な箴言、鮮やかな伏線。伊坂ワールド第一期を締め括る、面白さ四〇〇％の長篇小説。

江國香織著

流しのしたの骨

夜の散歩が習慣の19歳の私と、タイプの違う二人の姉、小さな弟、家族想いの両親。少し奇妙な家族の半年を描く、静かで心地よい物語。

垣谷美雨著

うちの子が結婚しないので

老後の心配より先に、私たちにはやることがある――さがせ、娘の結婚相手！ 社会派エンタメ小説の旗手が描く親婚活サバイバル！

篠田節子著

長女たち

恋人もキャリアも失った。母のせいで――。認知症、介護離職、孤独な世話。我慢強い長女たちの叫びが圧倒的な共感を呼んだ傑作！

重松清著

日曜日の夕刊

日常のささやかな出来事を通して蘇る、忘れかけていた大切な感情。家族、恋人、友人――、ある町の12の風景を描いた、珠玉の短編集。

ジェーン・スー著

生きるとか死ぬとか父親とか

母を亡くし二十年。ただ一人の肉親である父と私は、家族をやり直せるのだろうか。入り混じる愛憎が胸を打つ、父と娘の本当の物語。

森　美樹　著

主婦病

R－18文学賞読者賞受賞

新聞の悩み相談の回答をきっかけに、美津子は夫に内緒で、ある〈仕事〉を始めた――。生きることの孤独と光を描ききる全6編。

よしもとばなな著

さきちゃんたちの夜

友を捜す早紀《さき》。小鬼と亡きおばに導かれる紗《さ》季《き》。秘伝の豆スープを受け継ぐ咲《さき》。〈さきちゃん〉の人生が奇跡にきらめく最高の短編集。

リリー・フランキー著

東京タワー

―オカンとボクと、時々、オトン―

本屋大賞受賞

オカン、ごめんね。そしてありがとう――息子のために生きてくれた母の思い出と、その母を失う悲しみを綴った、誰もが涙する傑作。

J・ラヒリ
小川高義訳

停電の夜に

ピューリッツァー賞
O・ヘンリー賞受賞

ピューリッツァー賞など著名な文学賞を総なめにした、インド系作家の鮮烈なデビュー短編集。みずみずしい感性と端麗な文章が光る。

内藤啓子著

枕詞はサッちゃん

―照れやな詩人、父・阪田寛夫の人生―

日本エッセイスト・クラブ賞受賞

あなたの娘でいるのは、大変だけれど面白かった――。シャイで気弱でメモ魔で助平。童謡「サッちゃん」作詞家の知られざる生涯。

綿矢りさ著

手のひらの京《みやこ》

京都に生まれ育った奥沢家の三姉妹が経験する、恋と旅立ち。祇園祭、大文字焼き、嵐山の雪――古都を舞台に描かれる愛おしい物語。

JASRAC　出 2110321-101

同《どう》潤《じゅん》会《かい》代《だい》官《かん》山《やま》アパートメント

新潮文庫　み - 67 - 1

令和四年二月一日発行

著者　三《み》上《かみ》延《えん》

発行者　佐藤隆信

発行所　株式会社新潮社

郵便番号　一六二―八七一一
東京都新宿区矢来町七一
電話 編集部(〇三)三二六六―五四四〇
読者係(〇三)三二六六―五一一一
https://www.shinchosha.co.jp

価格はカバーに表示してあります。

乱丁・落丁本は、ご面倒ですが小社読者係宛ご送付ください。送料小社負担にてお取替えいたします。

印刷・株式会社光邦　製本・株式会社大進堂

ISBN978-4-10-103561-1 C0193